INK

INK

INK

文學叢書

161

曖昧情書

袁瓊瓊◎著

目次

剛好不朽（自序）

剛才喝咖啡的時候忽然想起：

我夢見我死了。

眞怪。到現在才想起。

夢裡，有人喊我，我就從窗子跳出去。

我一直很喜歡從窗子跳出去這個動作。不過自己從來沒「行使」過。我比較不乖是在年老之後。受上升星座影響，越變越怪。

年輕的時候所有規範我都接受，因爲不接受要抵抗得很累。我抵抗到十二歲的時候，明白了這一點。之後便很乖了，很乖，但是老是出狀況。

因爲對乖不擅長。乖了半天就滑到邊沿去了。

我最驚世駭俗的事就是十九歲的時候嫁給一個比我母親年紀還大的男人。

後來有人問我，是不是戀父情結？（因爲我父親很早去世）

還有，是不是想逃離那個很不愉快的家？（因爲那時候家裡說起來有個繼父存在。而且我連考兩年大專聯考都落榜）

不過現在想來，都不是這原因。跟著這個男人走，只是因爲當時愛他而已。

我的愛超簡單，從過去到現在，一直這樣，喜歡就追過去，不喜歡就走開。對每一個，我都這樣。

學了星座之後，算是爲自己的這個個性找到解釋。我的木星在第一宮。韓良露說凡是「太陽、上升在射手座，或是木星在第一宮，那麼這種人就是木星人。」

木星人有射手座特質。本人兩個，不射手眞是很難。射手，占星書上說：「行動比思想快，還沒想清楚已經咻地射出去了。」

我還沒想清楚已經跟人「fall in love」。等到終於想清楚的時候，通常是開始覺得應該分手了。簡直連一點忸怩作態，欲拒還迎的空間都沒有。

所以跟我這種人戀愛可能滿乏味的，沒有想像空間。好處是也沒有作假空間。

我特喜歡看人跳窗子。有男人邁著長腿躍窗台而過，我立馬愛上他。快到只需要萬分之一秒。

這行動瀟灑啊，代表多重意義。在我們那個男人留長髮在路上會被警察追的年代，敢於跳窗，膽識指數簡直就跟現在蓋達組織的人肉炸彈差不多高。

不過我自己沒跳過。從來沒跳過。很笨拙的「爬」過窗子，一路壓著裙子護住大腿。自此明白完全不是那塊料。

夢裡大概跳過。我猜。因爲近年不大作夢了。而年輕時候的夢忘了。

這次夢裡，有人喊我，我就熟極而流的從窗子跳出去。好像這舉止我做過千百次。

我扶著窗台，兩腿一抬，人就飛過去了，從窗裡，到了窗外。

之後我發現那窗外是沒有底的。我跳出去之後，便開始往下墜去。風聲呼呼在耳旁，老袁一路往下掉。

原來我在跳樓。

據說跳樓的人會在往下墜的時候看到他的一生。我在夢裡也想到了這件事，不過夢裡，我沒看到我的「一生紀錄片」。我只是有點抱歉的想到，哇，我劇本還沒寫完，小說只寫了四萬多字。我覺得製作單位和出版社都滿倒楣的。

不過出版社如果懂得宣傳，也許我前面那幾本情書可以賣得比較好一點。這樣想又稍許欣慰。因爲老覺得對不起印刻出版的初安民。

眞實狀況我不知道。不過在我的夢裡，那下墜時間幾近無限長，讓我覺得我足足可以吃完兩輪 Buffet。

後來就到底了。

墜樓，在想像裡，一定很痛。因爲是我的夢，我就把這一段省略了。因此就暗場交代，直接成了個飄忽的鬼。

這便是我作夢變成鬼的過程。

起床就忘了，在喝咖啡時想起來。

於是仔細回憶了半天。

在夢裡可以有各種經歷。與其夢見中樂透，其實我比較願意夢見自己死亡。
醒來的時候比較愉快。
咖啡喝起來也就特別香了。

170.跳

大陸女攝影家王小慧，在德國留學的時候，有一個德國人愛上了她。

這男人時常來找她，坐在一旁，看著這個美麗的東方女人。

而東方女人年紀比他大，而且是有丈夫的，所以他每次對女人說：「你愛我嗎？」

女人總是笑而不答。彷彿聽不懂這句德語的意思。

男人每天去看她，問她說：你愛我嗎？

女人從來不回答。有一天，這男人說：「那麼，你知道我愛你嗎？」

女人依舊露著她委婉的，東方式的神祕微笑，一言不發。

於是，男人便走過女人的面前，走到了窗口，從三十二樓跳了下去。

我時常會想起這個年輕男人：想到他仰著金髮散亂的腦袋，望著他不理解也無法觸及的黑髮女人。他最後的那句示愛的話語，如同以往的許多示愛，被女人的沉默掩蓋，消失在不知道什麼所在。

他說了又說，每天每天的愛，像泡泡一樣，從口中出來，透明的浮在空氣中，任光線穿透。光線和灰塵都聽見看見，但是女人用安靜淹沒了這些話語，彷彿這些愛從來不存在。

安靜可以殺死愛。所以男人便沉默的起身，從窗口跳了出去。

因爲無話可說。

171. 電車男

電車男和愛馬仕小姐最後終於在秋葉原尋覓到了彼此。

電車男結結巴巴的對愛馬仕小姐說：

「可是我喜歡你，只喜歡你一個人，

我是眞的喜歡你啊。」

愛馬仕小姐也說：

「我也喜歡你，只喜歡你一個人，

我也是眞的喜歡你。」

於是愛馬仕小姐去親吻了電車男。

我的大兒子，去看《電車男》這部電影的人，

跟我說：「看來他們以後會在一起。」

我說：這是電影嘜。Happy Ending 後面說不定有一大堆問題。

兒子說他是很樂觀的。因爲電車男和愛馬仕當初一認識，

就知道兩個人中間差距很大，這是兩個人之間最大的問題，
但是交往之後，兩個人都在努力去適應對方，把差距逐漸拉近，
所以，基本上，這最大的問題已經不是問題了。

電車男是個閉俗的，自卑，缺乏現實能力的網路「歐他古」，
而愛馬仕是個時髦的粉領上班族，
電車男最大的優點（可能也是缺點），
是因爲隔絕世俗，所以非常，甚至到達異常的純眞個性，
他不做作，直來直往，一切都是本心流露。

某種程度上，我的兒子也是個電車男。
這大概是他看了書又跑去看電影的原因吧。
也許他在看自己的故事，只是不知道他是不是也在期待著一名愛馬仕小姐。
女兒恰巧是跟愛馬仕小姐一樣類型的女孩，
但是我和她都很確定她絕對不會愛上電車男，
就算電車男爲了救她被酒鬼殺傷也不會。

然而兒子說了很美麗的話，

他說：那是在於心。女兒沒有愛馬仕小姐的心。
愛馬仕小姐知道她要什麼，
當她在電車男身上看到了她所想要的本質時，
她便可以不介意其他外附的那些雜七雜八的。

在秋葉原見面時，
電車男穿著前後印著鋼彈機械人的卡通圓領衫，戴著大眼鏡，渾身淋得濕透，
而美麗的愛馬仕站在他身邊說出那段話：

「我也喜歡你，只喜歡你一個人，
我也是眞的喜歡你。」

這景象撼動人心，大約是因爲這就是我們每個人祈求的
愛的本質。

無論自己在如何不堪，甚或醜陋的情況下，

那愛我們的人依舊不變，
就像我們內在有隱藏的寶藏，有美好的本性，
甚至連我們自己也不自知，
而他看得見，只有他一個人看見。

172. 跟小朋友通MSN

這裡有個大陸小編劇專門負責幫我把劇本裡的口語改成大陸的。
非常好玩的小鬼。射手座。

星座裡我一直偏愛射手座。
當然在某些狀態下他們是完全沒心沒肺的。
他們心情不好就坐下來大聲哭，
哭完了就大聲笑。
好像方才讓他痛哭流涕的事完全不存在。

女兒就是射手座，
小時候她只要哭，就逗她：
「來變臉。」
把手掌擋在她面前，說：「等手放下來，看你會不會哭臉變笑臉？」

她馬上就全神貫注在這個遊戲上，

等我手放下來，她已經笑了。

射手座的人記性不好。事情一過就忘，學不到教訓。

電車男大兒子雙魚＋摩羯＋雙子，自尊心非常強，是不二過的人。

什麼事只要說過一次，他就絕對不會犯第二次錯。

小兒子則跟姊姊一樣，射手座。

可想而知我們家電車男處在這兩個神經大條的人中間有多麼艱難。

這兩個人往往一出狀況就回來了，聲淚俱下吐給大兒子聽。

然後我們那個感情非常纖細堅忍敏銳並且柔軟到不行的電車男就睡不著覺了。

花了一整晚輾轉反側繞室徘徊苦思如何拯救陷於水深火熱的親人。

第二天帶著黑眼圈出來，等到他對射手座說：「你昨天跟我談的那件事……」

射手座說：「啊，什麼事？有嗎？」

他聲嘶力竭跟對方證明的確有那麼件事發生過，

射手座就說：「哦沒關係，已經沒事了。」

所以你跟我大兒子講話，如果發現他時常呈現失神和無力狀態，那都是因爲跟射手座生活太久的緣故。

哦，附帶一提，老媽我，也是射手座。

所以我們家的重擔，姊姊失戀，老媽跟男朋友分手，

Oscar 曠課遲到不交作業，基本上都是他在承擔。我們呢？

「哦沒關係，已經沒事了。」

射手座都有一種很天眞的狀態，不管年紀多大。

我有個射手座朋友，跟他聊天時，

他會睜大眼，非常專注的看著你，

那非常驚奇的，孩子似的天眞的模樣，使他顯得年輕，非常可愛。

不過他也蠻花心的，所以我經常懷疑那是不是他泡妞時的標準表情。

他是吃過我口水的朋友，因爲我每次東西都吃不完，

他就會接過去吃我剩下的。

大陸這個射手座小鬼，我時常跟他通ＭＳＮ。

因爲只要一看到我在線上，他就會飛快的跑來跟我丁東。

花招特多。一搞一個花樣。

我眞不明白，同樣是ＭＳＮ，他怎麼能玩那麼多花樣，

我怎麼就沒辦法。

一大堆眼花撩亂的「圖樣字」當然不必提，

每次一句話裡，又是周星馳又是泡菜娃娃，不然就是字體變大又縮小，

不然忽然一個字自己煙火似的冒星星，再不然小貓跑小狗跳……

總之，實話一句，跟他的ＭＳＮ是十分艱難的，我通常半猜半認的去理解他在說什麼。

他還有一招，大頭貼會像幻燈片一樣移動，所以每次通ＭＳＮ，他就會順便跟我介紹他的女朋友，

不同的美女照在眼前閃來閃去，每個都跟他抱在一起，

我說實話，我從來也沒分清楚誰是誰過。

他好像可以同時並行一堆事，跟他討論公事，中間他會忽然跳出來講別的事，

心血來潮同時就傳檔過來，我時常覺得在跟好幾個人講話。

說不定網路線的那頭，他也眞的是三頭六臂吧。

173. 鹽

很多人知道耶穌說過：
「我是眞理，生命，道路」，
但是另一句話好像不太有人知道，
其實他也說過的，
他說：「我是你們的鹽。」

鹽是什麼東西呢？
鹽是讓我們感覺食物更美味的東西。
鹽是讓平常的食物化腐朽爲神奇，
變成絕美的料理的東西，
鹽是使腐敗的復甦爲鮮美，
使無味的轉爲有味，
使黑白變彩色，沒有了它就會陡然覺得失去了許多的樂趣和興味的東西。

所以耶穌是聰明的，他這個比喻很好，
他知道宗教加入了人生之後，會對那個人產生什麼效果。

鹽很便宜，到處都是。
這麼容易取得，使得我們完全不覺得它是重要的，
使得我們對它的價值視而不見。

（也許有人要說鹽吃得太多是不好的。
其實任何東西太多都是不好的，
我甚至覺得錢太多也是不好的，
快樂太多也是不好的。
我不是在提倡大量吃鹽論，我想大家也知道，
身體對鹽的吸收不夠會生病。
鹽其實是我們身體內的必須物質。）

總之，我們的生命裡，

其實有一些人就像鹽一樣，
他們的重要性要等失去之後你才會知道。

沒有了之後，
你才明白，有些事情之所以美好，是因爲他在身旁。
你的努力和奮鬥之所以有意義，
是因爲他在一旁看見，
你會在時候到了回家，
時候到了出門，
因爲他是那在你背後的等待和支援。

永遠在你背後，
所以你看不見。
又很容易取得，
所以你也不重視。

直到有一天，

你的生命裡終於失去了鹽……

（這篇文章是鼓勵那些「鹽」們，有時候也要出走一下。不能一日為鹽，就終身是鹽啦。）

174. 愛情神話

柏拉圖的《饗宴》（*Symposium*）裡說了一個很美的神話故事。

據說遠古時代，人類是雙頭四手四足的動物。這動物太強壯，太聰明，讓希臘神祇感到不安，因此眾神決定把他們分割成兩半。人類於是成爲目前的模樣，只有一個頭，兩隻手，兩隻腳。

這分割使人類不安及痛苦，從此以後，尋找另一半，便成爲所有人類共同的宿命。除非尋回了我們失去的另一半，否則我們無法感覺完整。而這種追尋的執念，便叫做「愛情」（Eros）。

Eros 和 Love 很不一樣。Love 比較上是廣義的，似乎適合許多層面。但是 Eros 是鑽牛角尖的。Eros 有特定對象，有特定的狀況，而且必定與肉體欲望相連。所以 Eros 也有人翻譯成激情。

Love有時候是和諧和美麗的，但是Eros不行，Eros是烈火，火也可以美麗，但是那種美是因爲危險。如果不危險，就不可能那麼美。

柏拉圖的故事，後來有人附加了下面這一段：

因爲最初的人類有三種：男人，女人，和陰陽人。所以被分割後，有人的另一半是異性，也有人的另一半是同性。這就是同性戀的由來。

這個解說，把同性戀和異性戀同等看待，被視爲愛的型態的一種。

而同性戀之所以成爲禁忌，很大一部分是因爲這種關係違反生物本能。生物本能是傳宗接代，但是同性戀情無法達成這個要求，甚至，如果任其發展，還會妨礙這個目標。

我年紀輕的時候，差不多距今三十年前，

那時候覺得同性戀是世界上最可怕的事，簡直洪水猛獸。

自己生了兒子，小傢伙還不滿月呢，就在擔心他長大了變成同性戀怎麼辦？

（奇怪的就是沒想過女兒如果變成同性戀怎麼辦？

那時候同性戀好像專指男性，身邊從來沒有任何女同性戀。）

後來兒子去上復興商工，差不多距今十多年前。
據說台灣的三大「同性戀養成所」，其中一個就是復興商工。
每天擔心得要死，生怕兒子同流，
我兒子可也是個美少年啊。
後來發現他依舊是我不嘮叨便不刷牙不洗澡，才算放了心。

現在這麼多年過去了。對同性戀的看法開始改變。
不知道是不是身邊到處都是同性戀的緣故，
開始覺得同性戀也不過就是另一種愛的型態。
就好像老少配，異國戀，甚至貧富差距戀。
如果愛情也是人權的話，那同性戀者當然也可以有權利去愛。

基本上，人與人會產生「生死以之」的情愫，
與外表的關係很少的。
兩個對象站在我們面前，未必會挑選那個比較美的，
通常會動心的，都是因爲內心，因爲內在被觸動了吧。

我聽過一個男孩子說過很美的話。

他說：「我只是愛上了一個人，而那個人剛好是男的。」

說這樣一大堆，其實是想談我對《斷背山》的感覺。

《斷背山》裡的兩個男人，傑克．葛倫霍明顯是個同性戀者。這從片子開頭他偷看希斯．萊傑就可以看出來，但是希斯．萊傑的狀況比較複雜，他終身只愛傑克．葛倫霍一人，不像後者，在對兩個人感情失望時，會去墨西哥嫖男妓。最後之所以死，也是因爲與另一名同性戀者的關係曝光，結果被施了私刑。

希斯．萊傑的愛，我覺得比較近乎我上面說的那種：「我愛上了一個人，只是他正好是男的。」除了傑克．葛倫霍，他沒有愛任何或同性或異性的對象，他對後者的忠貞，從他與妻子決裂，之後一直獨身看得出來。

我覺得李安這片子能夠得到這樣高的評價，跟他的這個觀點有關。

就是「愛」這件事，有時候是很宿命的，
我們不是選擇，通常是被選擇。
身不由己陷身進入愛裡，便只有生死以之。
對希斯．萊傑那角色來說，無論對方做了什麼，成爲什麼，
他依舊很宿命的，只是愛他，終身不相見，也還是愛他。
他的愛像斷背山一樣穩定，堅若磐石，不改變。
但是在不改變中不免悲哀，因爲不知道對方是不是和自己一樣。

要直到見了血衣，他才能明白，
原來對方也是一樣的。
傑克．葛倫霍不斷的背叛希斯．萊傑，一下來一下去，
動輒便說要分手，
他的愛用無情和背棄來表達，
而每一次背離都是在呼喊對方把自己拉回去。

最後希斯・萊傑抱著血衣的時候，那血衣表達了千言萬語。解釋了傑克・葛倫霍的所有背離，其實正因爲逃不開。

我想這片子，如果沒有經歷過愛情裡的拉扯和糾葛，恐怕是看不懂的。

李安導演曾說過：「每個人心裡都有一個斷背山，只是你沒有上去過。往往當你終於嘗到愛情滋味時，已經錯過了，這是最讓我悵然的。」

There is a brokeback mountain in everyone's mind, but you had never been there.
What makes you feel lost the most is that when you finally have the taste of love, it is already past.

175. 好吧好吧我去澆花

我終於屈服了。因爲每次上網站都會看到網頁上面寫：

「今天尚未澆花。」

好像澆花是至重要的事。

還有：

「今天尚未寫日記。」

寫日記也是至重要的事。

全世界就這麼兩件大事。

每天「歡迎您回家」之後，就：

今天尚未寫日記

今天尚未澆花

簡直像在天堂呢，

除了這兩件，沒有別的需要做，沒有別的煩惱。

沒有需要哭需要笑需要殺人放火需要毀屍滅跡的事。

剛看完了韓國導演鄭址宇的《快樂到死》（*Happy End*）。

會去看他是因為男主角是我喜歡的崔岷植。崔岷植演過樸贊旭的《老男孩》。這個男演員不是很帥，但是他有一種特質，就是我喜歡的那種很安靜的狀態。

不知道是他本人有這種個性，還是湊巧我看過的片子裡他都是這樣。他話不多，動作不大，然而不是一般所以為的很「酷」，他比較像是要把自己隱藏起來。

在《快樂到死》裡面，他是一個受經濟蕭條影響所以失了業的丈夫，每天穿著西裝，提著公事包，跑到一家舊書店裡去看小說。他只看愛情小說。三十多快四十的男人，頭髮蓬亂。坐在角落裡，一邊吃熱狗，一邊看言情小說，默默的，眼眶充滿淚水。

不知道爲什麼這畫面讓我的心忽然變得非常柔軟。可能是在那畫面上窺知了一個陌生人的荒寒的內在吧。

但是，這樣感情豐富的，默默無語，對任何事不作反應的丈夫，在知道妻子外遇之後，改看偵探小說。設計了一樁罪案，他親手殺死妻子，並且讓情夫入罪。

我看到這個部分的時候很不喜歡。沒有料到這個男人的深情只在小說世界裡，並不及於眞實世界裡有血有肉的妻子。

等到情夫被判了刑。廣受同情的丈夫回到家裡。他在浴室裡清除自己涉案的所有痕跡。看到了妻子的照片。

崔岷植抱著照片無聲的哭起來，他那狀況把所有乖訛的情節，粗糙的謀殺畫面，劇情的不合理都平衡了。他抱著自己的頭，非常緩慢，無聲的，自己也不知所以的在哭。讓觀眾明白知道，以前的他活在夢裡，雖然做出了那麼嚇人的事，但是他其實不是很知覺到他在做什麼。

是此時此刻他才醒來。醒是痛苦的開始。

他哭了半天，睡去了。之後導演安排被殺死的女主角站在陽台上抽菸，一邊看著招魂燈籠緩緩的從地面飄起來，漸漸的升空，沒入天際。

非常非常悲哀和無奈的感覺。總之我就在那一剎那哭了。想到我們人生中許多沒有辦法的時刻，怎樣做都是錯的。而做過的永遠留有印記，永遠無法挽回。挽回了也還是錯的，因爲錯誤比一切都大。

所以就認命的澆花了。

在「愛情公寓」裡澆花和寫日記就完成了一切，就可以得到幸福。

就在天堂裡。

176. 貓

她講故事給他聽。

兩個人這時都躺在床上，空氣裡泛著異常的氣息。這張床面向窗口，那隻他養了很久的貓就站在窗台上看著兩人。

這隻貓。純白，眼睛在背光的情形下是深琥珀色。

「你背叛了我。」

說這句話的時候，她摟著被褥坐起來。說完她轉頭看他。「我覺得那隻貓好像在這樣說。」

他笑了，撫著她光裸的背，問：「還說了什麼？」

她說，看著貓：「我永遠不會到你的身邊去了。」

貓開始抖動身上的毛，打哆嗦似的，毛則波浪似的在貓體上滑動。好半天，靜止，貓掉頭看著窗外，耳朵警戒的張著。

「也許你自己也不明白吧？不愛就是最大的背叛。」

他看著背向著自己的貓。被下午的陽光反射著的白毛，顯得昏昏的，幾乎近灰。

然後貓輕巧的走了兩步，轉頭，看著兩人。

「你不愛我。你只是不想失去我。」

貓又轉頭望著窗外。

「所以我要走了。」

貓就跳下去了。

177. 位置

早上九點多，他電話來。說什麼「發生了大事」，好像來跟她報告新聞來的。後來又說他公司裡有人跟他示好的趣事。

她就聽，激不起反應。後來他埋怨：「以前跟你說這些，你都會笑。現在你好奇怪哦。」他凡是認爲她在生氣的時候就會說：「你好奇怪哦。」

她其實沒生氣。只是對於和他的關係眞正覺得疲倦了。

這不是她要的關係，她要的那種關係他不能也不願給。

但是會這樣，根柢大約還是因爲兩個人對這段感情的看法是有基本差異的。於她，是愛情。於他，是需要吧。所以她要求的較多，可是不堅持，不愛了便可以走。

他不動感情，以致於對她的許多呼喚，既不動心，也不覺得有必要回應。但是他非常需要她，因此造成他許多的回應有目的性。使她特別不舒服。

後來他說：「最近好累。」

以前說這些，她以為他是工作忙，是體力的累。可是他說不是，是心累。因為替他妻子的病擔憂。體力倒不累，因為休息過了。

所以，她就回答：「我知道，因為她的病。」

他隨即滔滔不絕講起他多麼擔心多麼盡心盡力為她著想，為她做這為她做那，沒有人幫他連病人自己都不配合。

顯然這就是他的真正所思所想所念。

她憐憫他，因為他沒有人可以幫他承擔這些，所以他找她訴說，因為他做的「功」需要有人看見，

而因為做的太多太自動太尋常，所以在他的生活中，他的付出幾乎不被看見的。

她也憐憫她自己，竟置身在這樣的位置。

要愛他就必須傷害她自己。要愛自己就必須傷害他。無法兩全。

178. 心

一直到打碎了，
才知道原來那玩意是他的寶貝。

還是，因爲打碎了，所以那東西就永恆了，
不可磨滅了，眞正的成爲了他的寶貝？

永遠無法知道了。

因爲做出了這樣魯莽的事，
才發現：原來我們關係很遠，
遠到可以任那些碎片廣佈在你我之間，
使我們碰不到彼此。

才知道，我其實不曾在屬於你的地方停駐過，
那麼，我以爲的，那看來像是你的心的地方，是哪裡呢？

179. 平行世界

我有時候真希望有兩個平行世界，在那另一個世界裡，我就會記住，
要從你的身邊輕輕滑開，彷彿你是一片風，一朵雪，一條光一塊微塵，
我所要做的只是認清楚，那是你，
無論看上去多麼無害的像是一朵風一塊雲一條光一片微塵，

然後滑開，並且忘記
曾經相遇。

之後走自己的路，
永遠不與你交集。

180. 假裝

我很想你，不過我假裝沒有這件事。

我很愛你，不過我假裝沒有這件事。

我很恨你，不過我假裝沒有這件事。

我很氣你，不過我假裝沒有這件事。

我假裝你這個人並不存在，好對自己解釋爲什麼所有的話所有的思念所有的訊息都像冰，

落入水裡，透明的沉下去，只存在一小時，也許更短，就化成水。

沒有痕跡。

我假裝這世界從來沒有你，好對自己解釋我依然在那個夢裡不需要醒來不需要面對現實。不需要告訴自己曾經有過曾經是過曾經發生過。

因爲只是作夢，所以只需要等待夢醒。

181. 我，你

我那天給製作人搞得要抓狂，忽然覺得泰山罩於頂，要砸下來。

我這個性不好，其實非常情緒化，如果不是在一切均衡的狀態下，我就沒法做事。

我是那種起了床一定要把床重新鋪好，並且要弄得床單一點折痕都沒有的人。

做工的時候要先擦桌子，先刷電腦。茶杯擺在左邊，零食擺在右邊……

我做事程式是一套一套的，一定要把全部儀式演完，

那時候才覺得：國泰民安，乾坤定矣，可以清清爽爽開始工作。

任何突發狀況出現時，我就像電腦當機一樣，忽然就……就當機了。

所以我是超愛朋友的人，非愛他們不可，我是多麼需要他們啊。

我在台灣有一整本電話本可以打，有整個台北市可以去。

當機的時候就趕快撥電話找一個人來聊聊，幸虧我們活在這樣悲慘的人世裡，

總有人比我更不幸，聽聽人家的苦情，對我很有安慰效果，
我立刻就會覺得，我其實好的不得了呢。

但是在這裡不行。
在這裡陪我的人只有一個，就是我自己。而這個「我」越來越面目可憎了，
一搞就哭，明明要工作，卻時常在網上亂逛不肯收線。
該吃的時候不吃——因為沒胃口，
該睡的時候不睡——因為睡不著。
非常之悲觀，非常之無精打采，非常之胡思亂想，又非常之無理取鬧，不可理喻。
伍迪．艾倫說過：「我是那種我自己都不想跟他做朋友的人。」
這幾個月，我對「我」，很有這種感受。

成天在作白日夢，有一天，「我」居然對我說：「真希望有小叮噹的任意門。」
所以我就對「我」說了：「你神經病啊你！」
我看我回台灣得帶「我」去看醫生。

那天，最最最不舒適的時候，給你打電話，你陪我講了兩個小時。
其實談的不光只是工作上的事，也談了別的，我有點不太清楚自己想要引導你說
出什麼話來，只知道你說的話，我都不想聽，覺得你跟我變得挺遠的，
我們之間的一些連結，
好像是眞的消失了。

雖然表面上，那些話，和我們以往說的沒有什麼不同，
但是現在聽來，有點像名畫的複製品，一模一樣，但是缺了點說不上的什麼。
也許就是因爲眞的
已經消失了，
那消失的東西使我覺得你的某些門關上了。我大概也關上了吧。

你沒注意到我現在都叫你名字嗎？
我已經無法用我喜歡的名字來喊你，因爲
你已經不是了。

182. 不想回家

J.T. Winik 是我在網路上發現的。
所以網路眞好，
一不小心就會發現，有另一個靈魂和你自己如此相像，
張口說的是你想說的話，
表達的是你心底最深處的祕密。

J.T. Winik 善畫女人。她畫的女人有種內在情感。
她所畫的，美的，醜的，年輕的，年老的女人，都像經歷了許多事，
對人世非常失望，充滿不信任。
是愛過，並且失戀過，失意過，在療傷的那一剎那的臉孔。
完全不平靜。

她畫了許多的angel。美的，醜的，胖的，瘦的女人，用同樣姿態坐著，
肩上是厚重的翅膀，像掰成兩片的心。
明明白白看出來那翅膀不是能力而是負擔。

她畫了這樣許多沉重的女人，
畫了這樣多在迷霧中奔逃的女人，
迷失的女人。

我會想：這就是J.T. Winik自己吧。

她畫過「離家」。女人，有幾張是小女孩，背對著家門口，背著提袋，
沒有往前走，可是也不想回去。

我在看的時候就想：屋裡一定有一個男人吧。
通常都是因是屋裡有個男人，
才使得我們在某些時候，
不想回家。

183. J. T. Winik

現在又把桌面換上了 J. T. Winik。

寫字寫累了坐下來想的時候，
J.T. Winik 的女人們就在桌面上滑來滑去。
看多了，好像那種悲傷或失意感逐漸的消褪了，

只是一些心情不好的女人。
只是一些沒有男人的女人。

其實，不是結了婚或者有配偶的就叫做有男人。
有時候那個天天回到你身邊的，每天看見每天睡在一起的男人，
你也並不擁有他。

大衛．林區的《我心狂野》，我每次看每次都有種無以名之的情緒，
他裡頭說到男人是不能被綁住的，那 Wild Wild Heart 是男人的心，
男人天生是要高飛的是要狂想的是要不可控制的，
他們的世界在天上。

但是要愛一個女人就必須要下來塵寰，
必須降下來，鎖住他自己，
所以婚姻裡男人的犧牲一定比女人的大，
他是違反本性降下來的鷹，
很多男人降下來許久之後還看著天上。

擁有男人的是天空吧。

184. 小妹

昨天心情不好。

大概母親節吧，那句話，每逢佳節倍什麼什麼的，
小孩子打電話來又道一次母親節快樂，
可是我已經來快兩個月了，開始想家，
而且因爲工作很累，腕隧道症候群復發，
兩手帶著腕套在寫，邊寫邊掉眼淚，
覺得自己悲慘得無以復加，
因爲眼淚滴到鍵盤裡怕鍵盤被弄壞，
索性坐下來專心哭泣。

沒想到凡事一專心就不可收拾，
在屋子裡一口氣哭兩小時收不了。

都是沒有人來給我摸摸頭的緣故。

後來想不行呀，明天劇本還要交呢。
這樣哭下去頭又痛眼又澀。
沒法寫本的話問題大條。

我是很爛的媽咪。每次一出狀況，就找人丟垃圾，也不管那個人是誰，所以我們家電車男就在遙遠的台北接到青島打的國際越洋電話，聽見一片如喪考妣的哭聲。
兒子很有經驗，他小學還沒畢業，個子還沒我高的時候，就會在我哭的時候端著凳子站上來給我擦眼淚。
之後歷經無數次媽咪在他面前哭得風雲變色的情況，這時就很睿智的提建議：你要不要跟小阿姨談一下？

這小阿姨，就是我小妹，比我小八歲。
眞的沒想到她居然會在五十年後在我的人生中產生重大影響。

小妹大學畢業就去了美國。一直待到現在。跟她見面很少，每年就那麼一次吧。後來我跟男朋友分手，日子難過，那時候就時常打越洋到美國去騷擾她。

小妹學佛，每每跟我說法。

我覺得我自己也算是有想法的人，所以說實話，一般的勸解對我無效，我比你還會說呢。

在我日子最難過的時候，根本不想接觸朋友，因爲人家安慰你的話，我想的比你還透徹呢，還不是一樣沒用。我聽了煩。

那時小妹從美國打電話給我。我們談了四小時。

後來我只要過不去就打電話給她，不管多久她都陪我，不管什麼時候。

現在想，有這樣的小妹我實在很有福報。她那時常常在那一頭念《心經》給我聽，而我聽著經文可以沉沉睡去，因爲那段時候根本沒法睡的。

妹妹學佛很久，人很清淨。我要有她照片，眞想貼上來給大家看，因爲妹妹也是美人，我以前交的男朋友，都喜歡她比喜歡我更多，送禮物總是送兩份，一份是給她的。

念小學的時候就有男孩子追到家裡來。

妹妹是林青霞型的美人。就是劍眉星目，身長玉立，整個人非常的清爽，乾淨，不沾不染的那種型。

她雖然漂亮，一點桃花都沒有。一生只談過一次戀愛，後來就嫁給那個男人。直到現在，快五十歲的人了，她整個樣子沒變，也不發胖，還是少女的體型，從來不化妝，臉上清清爽爽，唯一顯現她老態的大約就是：她也開始帶老花眼鏡了。

總之，這個小妹，只要遇到我腦子一團糨糊的時候，我就打電話給她。不管是哪個時間，她一定接電話。之後就慢慢的，很溫柔和心平氣和的跟我講話。

關於佛法。我不知道別人怎樣，我每次聽的時候都覺得對對對對，搗頭如蒜，而且在聽完之後，可以維持兩三小時都決心一輩子做個好人。之後一覺醒來，就忘了。

所以每次跟妹妹講話，她差不多都是把相同的話重新講一遍給我聽。很奇妙的就是：這些話對每一件事都適用。

情感，家庭，工作，人際關係，好運壞運，錢財事業……
所以想來人世間是有一個根本道理的。

今天妹妹跟我講的話是：「吃苦了苦，享福了福。」
她說其實遇到什麼事不重要，重要的是用什麼心情面對。
我若是在碰到苦難的時候，把它當果子一樣認份的吃下去，那麼吃完了，
也就了結了。

但是如果一團怨懟，心不甘情不願，還是得吃下去，
這怨念會累積，到後來又攀附到其他事情上，層層纍纍不完。
等於又給自己種了下一個果。

當然今天的情緒不佳也有一些人際互動上的原因，但是聽了妹妹說法，
忽然就覺得沒那麼難過了。立刻寫信去安慰那個我原本想罵他的那人。

我猜妹妹大概上一世是我的導師吧。

185. 沒有感覺了

情人中間，有人要分手，就說：
「我對你沒有感覺了。」
我覺得這是超不負責任的說法。
「沒有感覺」是什麼意思？我聽不懂。
我寧可接受比較實際，可以驗證的說法。
「我不愛你了。」
「我愛上別人了。」
「我沒法跟你相處。」
「我受不了你。」
「我看到你就噁心。」

「我不想跟你上床。」

「因爲家裡有你，我不想回家。」

「我跟你沒有未來。」

「你太窮了。」「你太醜了。」「你太肥了。」「你太髒了。」「你太臭了。」

「你太不知長進了。」「你身體太壞了。」「你……」

我寧可接受那些聽上去可能是侮辱性的說法。

可是，什麼叫做「我對你沒有感覺了」？

我眞的聽不懂。

人跟人初初來電的時候，感覺當然很多，

會心跳加速，瞳孔放大，血脈僨張……

不過講句那個一點的話，觸電，出車禍，被招牌砸到，

差不多也都會有那些感覺的。

而一個人如果長時間維持這種有感覺的狀態，通常就須要把他送急救室了，

否則可能有生命危險。

人跟人，再是天作之合，這種有感覺的狀態大約也只維持一到三個月，
對男人，聽說更短，只維持到終於上床爲止。
之後，對於他們的對象，他就不太容易心跳了。

讓兩個人的感情繼續走下去，其實不是靠「感覺」，
是靠別的。靠相處，靠兩個人在一起的親密和愉快。
靠兩個人有共同的目標，
靠兩個人彼此的互動成長。

如果靠「感覺」廝守，我不以爲感情能夠維持一個月以上。
生活裡面有許多事會破壞感覺的。
男人不洗澡，女人不化妝，我不信這些事不會破壞感覺。

之所以用女人不化妝作例子，是因爲我有一個美女朋友。
美麗不可方物。
她男朋友很多，一直維持著花容月貌。
有一次我在她家裡看見她的化妝「工程」，嘆爲觀止。

我印象最深的就是她在上粉底之前，要先噴三次化妝水，噴完後就仰起臉來等它自然乾之後上粉底，再噴化妝水，又仰起臉來等自然乾，如是反覆七八次。

花了差不多三小時的工夫，打點出一張自然得完全看不出化了妝的臉孔出來。

我猜想任何男人在一旁看了她化妝的話，不管原來對她是什麼感覺，那感覺八成也很容易消褪的。

我想愛是很奇怪的東西。人都有趨樂避苦的天性。愉快的經驗，就希望能夠一再重複。然而愛的經驗有時候不能全然是快樂，只有快樂的愛情通常難以長久。

快樂有共通性。而痛苦往往只屬於我們自己，是極私密的事。跟別人分享痛苦的時候，便讓那個人進入了我們的內裡。如果共同經歷過痛苦，好像感情的連結會更深更密。歡笑可以讓人與人相聚，但是共同承擔痛苦才讓人產生緊密連結。
好像長在一起的疤痕。

所以，那種「沒有感覺了」就要分手的對象，
那就趕快放鞭炮請他或她走吧。
而且要祝福他或她永遠有感覺。
相信我，他或她遲早會把自己累死的。

186. *Sylvia* 瓶中美人

凌晨三點鐘，她去敲管理員的門。
管理員穿著睡袍出來開門。問她什麼事。
普拉絲說：「我要寄一封信，你有沒有郵票？」
管理員問：「你不能明天再寄嗎？」
普拉絲說不行：「這封信現在就要寄出。」

管理員給了她郵票，
於是普拉絲回到家裡，
用膠帶把門縫密封起來。
她在充滿煤氣的房間裡死去的時候，
她的一兒一女熟睡在隔壁。
那封她堅持要在夜晚寄出的信，
在她的屍體被抬出家門的時候，

終於投遞到了郵筒裡。
普拉絲那年三十一歲，剛離婚，帶著兩個孩子貧病交加住在倫敦。
會自殺，大約是沒有了活下去的力氣吧。

普拉絲（Sylvia Plath, 1932-1963）的詩裡充滿狂亂的痛苦，
我有時心情不好就會去看她的詩。
好像有讓自己安定的作用，因爲再痛苦痛不過她。
她現在這樣出名，可能跟整個世界都太痛苦有關。

普拉絲的詩是以生命作代價的，
因爲她死了，所以她的痛苦便不是囈語或是多愁善感或是造作。
不過一般人，如果還活的好好的，
那麼無論多麼痛苦，好像別人都很難感同身受，
如果不知節制的一直痛苦下去，
到最後就變成惡疾，所有面對這件事的人會想逃跑，
因爲她沒完沒了，
沒完沒了的痛，沒完沒了的悲苦。

我的一個有自殺慣性的朋友告訴我，
用刀割腕不會痛。
所以他手上一堆刀痕，因爲不會痛。
有刀痕是好的，大家都知道刀割傷了有多痛，
所以大家可以同情你受了傷，很痛，
但是你如果健健康康，身強體壯，就算心碎了，
不會有人覺得你應該痛。因爲你看上去好好的。

痛苦之所以必須私密，大概就因爲看不見聽不見觸不著，
沒有具體的疤痕具體的傷口。說出來會像假的。

我有時會想起一個作家朋友在上吊之前，
坐在樹下抽了一百多根菸，坐了整個上午。
而另一個自殺的朋友，花了一整天把自己的房間收好，
把電腦裡的私密資料刪除，洗了衣服，
曬了衣服，然後和自己的衣服一起吊掛在曬衣架上。

雖然一般看法都覺得關鍵時候有人陪或著有人跟他談點什麼他就不會做傻事，
不過真正的無法安置解決的痛苦通常是很安靜的，
通常看起來一點也不痛苦。
其實不是說兩句話或者什麼人什麼事件可以扭轉。
有時候，除了死亡，大概沒有別的可以治療痛苦吧。

187. *Dance With a Stranger*

露絲・艾利斯（Ruth Ellis）是英國歷史上最後一個被處死的女性謀殺犯。

一九五五年，露絲・艾利斯做了兩件大事，一件是槍殺了她的男友大衛・布雷克利（David Blakely），

一件是造成她自己的死亡。

從犯案到執行，不到三個月，

之所以判決得這樣快，是因爲露絲根本就沒想要活著。

她在公共場合殺人，目擊者一堆，之後被捕，

審判時檢查官問她：

「Mrs. Ellis，當您在近距離用手槍射擊 David Blakely 的身體時，您心裡怎麼想的？」

露絲回答：「那還用說嗎？我打算殺了他。」

她的死造成英國法律作了大修正，因爲在她之前，
殺人是一律死刑，在她之後，法律才開始考慮：
有時候殺人者並不是加害者，被害者也許沒有那樣値得同情。
在露絲的案例，她與大衛的同居生活裡時常遭受暴力，
在她殺人的前一週裡，大衛酒後踢打她，使得她流產，
而露絲持槍去殺人時，大衛正在 pub 與友人飲酒作樂，
他們喝完了酒離開的時候，露絲便當著他所有的朋友面前殺了他。
那時候 Ruth Ellis 二十八歲，她的被害者 David Blakely 二十四歲。

資料上還有露絲的執行紀錄：
高度：五英尺二英寸。
重量：一〇五磅。
死因：絞死。
多久才死：一個小時。

法律文件有時候有種日常的殘酷。

我在網路上查了 Ruth Ellis 的資料。
對她好奇是因爲看了英國導演邁克．紐厄爾一九八五年執導的《與陌生人共舞》，
拍這部片時，邁克．紐厄爾還沒有拍他後頭的那些賣座影片，
包括《你是我今生的新娘》《新娘百分百》，還有《哈利波特：火盃的考驗》。
邁克．紐厄爾早期比較不那麼商業，《與陌生人共舞》這部片有些地方澀澀的，
甚至悶，要不是靠著英俊男主角，眞要看不下去。
現在這部片台灣大概找不到了吧。
大陸就有這點好處，他們出了許多老片子的DVD，畫質精良，翻譯也不錯，
一片八元人民幣。
我有時候會猜想大陸的電影從業者厲害的那麼多，跟這些盜版片不無關係吧。

邁克．紐厄爾處理 Ruth Ellis 的謀殺，跟法律或新聞觀點完全不同，
他把它處理成無望的愛情故事。

露絲自己開了家夜總會，歷經風塵，對男人很有一套，
不是純情少女。她的孩子分別由不同男人所出，
但是認識大衛之後，就栽在這傢伙手裡。

情殺是最要命的謀殺，一般來說，要致人於死，大半是爲了恨，或憤怒，唯有情殺，是因爲愛。是因爲愛的扭曲，愛的變貌，愛的無可救藥，別的謀殺，有時候兇手是無情的，或者甚至因爲殺了對方得到滿足和快感，只有情殺，殺人者有時候比被害者更痛苦，殺死對方的時候，自己的一部分或全部，多半是跟著死者一起去了。情殺，如果是眞愛，我覺得可以視之爲不預先通知對方的殉情。

人跟人的糾纏，不可能只由一方造成，在《與陌生人共舞》裡，露絲和大衛的關係，不講是不是愛，無法割捨是眞的。

露絲很明白自己需要找個有錢老頭，從來也沒考慮要嫁給大衛。但是就是對他沒有辦法。戲裡頭，每次露絲決心分手，大衛就會來找她，對她說：

「沒有你，我睡不著。」

演這角色的是年輕時候的魯伯特．艾佛列特。
導演用全畫面表現他：
讓我們看著這角色的時候，用的是露絲的眼光，
這樣一個男人：不負責任，不可靠，甚至不忠實，
但是他站著，那麼好看，很失意的看著你，低微的說：
「我沒有你，睡不著。」
好像在跟你說他最私密的祕密。

女人有時候就會被男人這樣的脆弱，甜蜜的無助，
對你的需要，這樣簡單的需要所融化。

上篇日記講到普拉絲的痛苦，
在普拉絲，她的痛苦使她殺死自己，
在露絲．艾利斯，她殺死大衛．布雷克利並且拉自己陪葬。

雖然自殺或殺人，法理人情所不容，
不過這兩名女性的「成就」，

如果留名（美名或臭名）青史算得一種成就的話，
卻是依靠這種痛苦所完成的。

188. 算命

在青島住的這賓館旁邊有個湛山寺。

這裡服務員老是說：你可以去湛山寺看看。挺好玩的。

昨天就終於決定去湛山寺了。

叫了計程車來。一上車，司機說：

去湛山寺幹什麼，那裡在裝修呢。

又說：那地方沒看的，又小又髒，什麼也沒有。建議我去華嚴寺。

「你們外地來的，都一定要去華嚴寺。」

華嚴寺在嶗山。司機說：嶗山是我們青島的名勝啊，來青島一定要去嶗山的。

我後來答應去嶗山了，他很高興：「離這有點遠哦。」

我問多遠，他說開個四五十分鐘一小時上下吧。我覺得沒問題，

反正是去玩唄。就往嶗山開去了。

我後來想他那麼樂大約是這算長程吧，開到嶗山結果跳表105塊。

人民幣眞好用啊。

一路上順便逛了青島市。青島眞是綠色城市，到處都綠蔭一遍。
行道樹不知是什麼樹，大片大片的巴掌大的葉子，樹滿頭披著，好像盛載著無數小手。
又看到街道旁，建築物後面有個小山，
山不高，我估量大約五層樓上下，可是美得不得了，
綿延大約（計程車的）四十秒路程，我一路看它。
這山不是滿山翠綠，猜它大概是石頭山，整座山象牙白，山壁間雜著綠草，
厚實的，胖胖的，圓圓的山壁，像國畫裡的皴石畫法，眞活生生的范寬。
但是到了「山尾」，我說山尾，因爲忽然看見山壁被挖了一半，有人蓋房子。
那之後就沒有山了，想來後頭那些新建築都是與山爭地爭來的。
想必這漂亮的山景維持不到年底了。

後來就到了嶗山。嶗山的山泉號稱是製造青島啤酒的原料，
所以在往嶗山的路上，看到青島啤酒廠，啤酒廠裡豎了高高的大圓桶柱子，
至少也五十層樓高，胖胖大大，倒有點像煉油廠的感覺，
不過我猜那柱子裡裝的都是啤酒吧。眞是難以想像。

嶗山眞是好地方，美得不得了，

臨黃海之涯，所以一路行山，可以看到旁邊山崖下黃海的白色沙灘，

魚腥味一路飄過來。嶗山邊上住的都是打魚人家，

許多漁船肩並肩停在港口裡。

我反正一路就像在翻閱活動風景畫片似的。

在上山的時候，不知道爲什麼一個人也沒見著，

那些風景好像專爲我存在似的，但是到了「嶗山觀光風景區」入口，

忽然一大堆遊覽車，小轎車排隊，完全不知道哪裡冒出來的。

到進了風景區之後，就沒什麼好玩的了，人擠人，小攤販，土產店，遊客……

全世界風景區大概都一樣吧。賣的東西也差不多。

我猜想有個「土產專賣」集團，包了全世界的風景區的商品，只換換 mark 和名稱而已。

在嶗山這裡賣的：

風景明信片，風景介紹專書，印著嶗山的各種圓領衫，polo 衫，印著嶗山的棒球帽，

草帽，印著嶗山的扇子，竹製筆筒，陶製茶杯，各色中式旗袍唐裝，瓜皮帽……

總之我在逛的時候感覺旁邊如果有賣蚵仔煎，或虱目魚羹的攤子，那我肯定回到了台

灣萬華了。

嶗山老道據說算卦很出名。我因為是「有命必算黨」（簡稱「有黨」）的黨主席，所以自然要去考察一番。

道士所在地叫太清宮。此地有三宮：太清宮，上清宮，下清宮。

導遊把我帶到太清宮去，裡頭的道士頗有古風，打扮得跟古裝片裡一樣，（請參看《倚天屠龍記》裡面的張三豐，就那打扮，只少背後一把劍）兩手統在袖子裡晃啊晃的過來。導遊跟他說我要算命，

這道士瞄我一眼，說來來來，

我就跟他進了一間半坪大的小房間裡。

房間雖小，一口氣擺了五尊神像，我一個也不認識，但是每個神手上都抓著金銀財寶和銅錢。

而且滿面笑容，一副急著要把錢給送出去的模樣。

神像前擺了一套沙發茶几，道士就開始給我算命，先問出生年月日，之後就哇啦哇啦說一堆。

說實話一個字也不準，可是後面有一件事出奇，

他叫我抽籤。拿出籤筒來，嘩嘩嘩晃了晃，然後叫我抽。我就拿了一支，一看。道士說：「噯呀不得了。」

他說我抽的是紅籤。

可不，籤上頭寫「聖皇上上籤」。

他說這紅籤今年只出過一次，五月六號江澤民來上清宮算卦，都沒抽到這籤。

然後就手往旁邊一指，神桌前有個圓形蒲團，

他說：快去給菩薩磕頭。

我應命磕了頭，他又說：趕快給菩薩獻金謝恩。

我是很願意啦，不管怎麼說抽到紅籤嘛，我就問該給多少。

這道士說：給個九吧。

九元人民幣哦，沒問題。我馬上掏銅板。道士很爲難：

九是指九個……至少得給個千哪！

我馬上明白這些神像手上的金銀財寶不是要給人的，

原來是向人收來的。

我說我沒有。我跑來這裡玩，沒想到財神還要跟我要錢，

我就只帶了五百塊人民幣，然後還要坐車還要付導遊費還要吃飯等下出去還要投許願

池求平安……

他爲難得不得了，喃喃自語什麼紅籤不容易抽到是財神賞我個大吉利八拉八拉……之後就說好吧算算我的運氣吧。

於是坐下來，猜是開始解籤吧，跟我說，我今年要賺的錢，三個跑不掉。

我一聽嚇一跳，因爲這次寫劇本的費用也就是三個……三個啥就暫且不表，我就問他是三個什麼，他說三百萬。

我嚇一跳，人民幣還台幣？

他說人民幣。我有點後悔忘記加美金和歐元去讓他選。

他既然這樣看得起我，後來他問我：「對不對？」

我馬上認了：「對對對！」

因此這道士就立刻又來替財神爺催款。

「那趕快給菩薩紅包吧！」

我說不行：

我就只帶了五百塊人民幣，然後還要坐車還要付導遊費還要吃飯等下出去還要投許願池求平安……

這道士當機立斷：「那扣除了這些，你還剩多少？」

我說大概不到一百塊吧。

他問：難道你賓館裡沒錢嗎？

我可是三百萬人民幣的大腕呢，當然不能承認沒錢，就說是啊。有錢，多著呢。

他於是說：晚上到我賓館來給看看風水，幫我去去邪，因爲我這三百萬要到手看來會有點周折。

我說好啊。他就留了手機號碼給我。之後送禮如儀把我送出去。

我一路看那些進來拜拜的信徒，忽然覺得他們都是來給財神爺送錢來的。

忍不住懷疑起來：八成他那籤筒裡裝的都是紅籤吧。

我有點可憐那道士，他給了手機號碼，八成準備晚上來替財神爺收帳，

結果我沒理他。不知道財神爺會不會罰他。

189.終於

I.

終於，割到了自己。

非常可怕的感覺，
可怕是因爲
明白了，
在這之前，
我原來不認識痛。

非常恐怖，
像黑夜掩面而來。

就是這種感覺嗎。

終於，來了。

II.

答案就在原處，
在沒有問題之前，
答案便已存在，
在沒有你我之前。

我一直相信終必如此，
而一直不要相信你，
不過現在事實是靠近了答案，而不是靠近你。

我原本希望答案說謊，
我原本希望自己所相信的都能被證實爲虛妄，

我原本希望你會比這一切都強，
我原本一直希望。

III.

所以，
終究要塵歸塵，
土歸土，
分離的回到分離，
結合的回到結合，
愛回到愛，
恨回到恨。
陌生的回到陌生，

心動的回到心動。
戀慕回到戀慕，
關顧回到關顧，

而我回到我自來之處，
把我放置你身上的灰塵和光與陰影，
一起帶走。

並且設法不留眷顧。

IV.

突然就和你一起老了。

在我不相信，而你終於放棄的同時，
我們便一起老了，
成爲老頭子和老太婆，

而我曾經能夠看到的那個形象，
便突然化去，像冰化入水，
完全不再能看見了，
彷彿有人猛地把門關上。

就是這一件事讓我哭了又哭，
是因爲我喪失的不只是你，
還有年輕的能力吧。

V.

因此便只能說：
好吧。

像你常愛說的：
「你喜歡就好。」

190. 不告而別

早上看HBO，螢幕上，那個男人牽著一隻狗走開，
他的兒子孫子在車子裡看著他，
看見他沿著馬路走，揮手招了一輛車，之後上車去。
直到這時，另外的那兩個人才開始大喊：
「爺爺！爸爸，你要到哪裡去！」
但是車子就這樣開走了。

我總是想這樣不告而別，
對你，對她，對所有人。

但是其實做不到，
但是內心裡又時常有想要消失和不告而別的欲望，
在想這就是我的失敗之處吧，

不能安然在自己置身之處，又無法安然逃離。

每天早上起來都覺得很累，
覺得需要花很大力氣讓自己從床上拉起來。
所以我迷信逃走，每次離開了，總覺得一切都要好些。

離開的感覺像浮在空中，好像一切的困擾煩惱就可以留在地面上，
離我很遠很遠，好像不是我的。

191. 明知故犯

早上心情實在壞透了。因爲一晚上沒睡。人像泡在糨糊裡，覺得被什麼東西黏住，脫身不得。

從昨天外出返家開始就一直陷在這種情緒裡。

阿昨天我做了什麼呢？

昨天我跑去看他。

其實回來台灣這十天裡，跟他已經見過了三次。第一次見面，他出示他的手臂上的三條疤痕，告訴我他上次決絕的要跟我分手，是因爲他女友發現了我寫的信，第一次明白我和他的關係深到什麼程度。他說他用剪刀割了這三條，然後告訴女友說：「我如果再和她聯繫，你可以問我：你是爲什麼割這道傷痕的？」

那時我就說：「那你爲什麼還叫我來見你？」

他低微的說，就是因爲沒辦法，還是愛呀。

所以，他說：「我回去要跟她說對不起，因爲我違背了我手上的疤，因爲我欺騙了她。」

在說了這話之後，又繼續欺騙了兩次。

昨天會面時，他女友來電話。而我貼著他和我一起捲在被裡的身體，默不出聲，並且聽著他說：「我在車站，事情已經辦完，馬上就要回去。」

所以，在前面時覺得終於了結的事情，現在又重新開始了。原來的困境原來的干擾原來的痛苦又重新演一遍。而他的問題，包括他的老婆他現在很熱中的MSN對象不理他了，他又一件一件的告訴我。

阿我不需要知道這麼多的，但是可能傾訴是他的習慣吧。他就是要把每一件事告訴我，我知道的已經夠多了。因爲你說過了就又忘記於是又會反覆重說一遍，你說那是因爲你換藥會記憶力暫時流失。

我沉默的聽著，後來你說：我知道你討厭她。我說不，請你弄清楚，我討厭的是你。我討厭你沒有弄清楚你在做什麼。

我曾經非常非常的愛這個人的。看到他一切的好處，看到他的溫柔和謙卑，看到他的狂想的能力，看到他的細膩敏感，但是……

但是這一切，其實都是某一種演出吧。

我現在體會到你我關係中眞實的成分了，我體認到你的眞相了。但是這眞相依舊使我非常的心痛。不是爲我自己，我覺得我比你強大，是因爲你，是因爲我感受到了你寒弱卑怯自私的心，而我竟爲了你的失意，你的得不著回應，你的追逐心痛。

那是因爲我還愛著你嗎？

我便爲著我自己的錯誤，爲了我自己明知故犯，在床上翻滾了一晚上，一直想要逃掉，去一個沒有你的地方。

昨天晚上和女兒聊到大半夜，談的是感情，

你們相不相信，有時候女兒也能教我一些事情的。

我跟女兒逐漸成爲朋友，分享許多經驗，身爲母女的好處是，你自然會信任對方會保護你，會站在你這一邊。會幫你守密，如果你不希望那些事讓人知道的話。

有一件滑稽的事。女兒的感情經驗比我豐富，

所以竟是她來開導我這個腦筋打結的媽了。

女兒正在跟男朋友分手。

而我，不，我不是想和你分手，我現在明瞭，時候不到是沒辦法的，

我只是受不了那種不喜歡自己的感覺，受不了那種因爲你的混亂而混亂的感覺，受不了自己對你感情成分裡憤怒比溫柔大，失望比愛意多的感覺。

然後我太瞭解你，我痛恨我太瞭解你，以致於無法漠然待你。無法不去呵護寵愛你卑微脆弱的小心靈，像捧著一朵永遠不會開的花，不論有多痛，不論要等待多久。

192. 我男人的女人

昨天和一個朋友約中午吃飯，結果一直聊到下午六點。

在台灣眞好，心情不好有一大堆電話可以打，有一大堆朋友可以約。

小孩子們又在身邊。

我超愛小孩，別人的我也愛。小孩是什麼東西呢？

凝視一個小孩，你似乎可以透過他的眼光，重新看到我們這個老世界新奇的部分。看到他小心翼翼的品嘗一顆糖，看到他瞪視著陌生人，看到他對環境東張西望，看到他臉上的好奇新奇，那樣率直明顯的呈現，會覺得世界變得非常單純，只有注視過和沒有注視過的差別，只有經歷過和沒有經歷過的差別。

昨天見面的這個朋友非常特別，他是我前男人的死黨，兩個人住在同一層樓裡。

在我與前男人感情出狀況時，他剛離婚，因此我的前男人爲了安慰死黨，整天和他泡在一起，從晚上到白天，從白天到晚上。

他知道我很討厭他。那時候，因爲看到自己的男人成天不見蹤影，我對男人說過：「他自己的感情毀了，難道要把我跟你的感情也毀了嗎？」

後來便知道不是這樣。

我們的感情不是因爲有他的死黨的介入才疏離和毀壞的。

感情很像蘋果，一定是從內部爛起的，等到傷痕在表皮出現時，大家就說：阿這個東東壞了，好像是因爲什麼外力，其實不是。

感情也是從內在開始敗壞的。

（所以爲什麼你的內心竟有一個她無法爲你塡補的大洞？

而我爲什麼竟會受到吸引去凝視那個黑洞，並且甘於陷落？

可能我們內部都有一些正在腐爛的傷口吧，

我們便是因爲彼此的痛才連結的。）

後來我就發現他有外遇了。

我去找他的死黨問這件事，現在回想，他不知是因爲哪一種心情在容忍我，

因爲第一次面對他時，我非常憤怒，大罵他是元兇，把我的生活毀了。

而這個離了婚的男人，只是坐在旁邊陪我，我哭得很厲害，所以他就問我要不要喝點酒，我喝了，然後哭得更厲害。

他一直陪著我。我醉到走不動時，他送我回家。

那時我和前男人還住在一塊，他與我們住同一棟樓。

這次見面才幫他算了星座，他的月亮巨蟹，木星，火星和金星都是雙魚，非常心軟和敏感的男人。又很有幽默感。

後來，因爲他就住在同一棟樓裡，我的前男人去找他的外遇時，我就去找他。

我們坐著一起喝酒。他是獨身，那房子是他離婚後買的，裝修和佈置的，完全照他自己的品味和意志，非常溫暖，幽靜，主色調是藍色。現在才知道他爲什麼會選擇藍色，他有那麼多的雙魚。

他有個小小的吧台，燈光是特地設計的，因此坐在吧台前，像是沉入水裡。所有的光飄在屋頂上。他放著音樂，我們聊天，聊一些與我的男人和他的女友完全無關的事。那些閒談讓我安適，使我脫離自己的現狀。有點像吃憂鬱症藥丸吧，總之，我的苦惱被阻斷了。

在我的男人得到他的新女人的時候，我交了一個新朋友。

他成爲我很珍貴的朋友。

所以，糟糕的事，不是全都會帶來糟糕的結果。

昨天聊天，他談到我的前男人的女人，談到他們現在的生活。

我聽著，完全沒有感覺。

那個女人，不管怎麼說，已經跟我的前男人在一起兩年了。

前男人和我一樣是編劇，他的女人也是，所以，兩個人現在合作接案子，工作在一起，生活在一起。

跟我和他在一起時一樣。

我現在有點感謝這個女人，若不是她去做我和前男人的第三者，我沒有現在的後段人生。

在與前男人的二十年的生活裡，我好像是活在死水裡的魚，因爲一切都太習慣了，所以什麼也看不見。

離開他之後，我重新開始呼吸，開始聽見，看見，聞到氣味，感受到激情，也像一個孩子。

我的前男人的女人，那個比我小二十歲的女人，她就像代替了我，進入了那灘死水裡。我的前男人，我很瞭解他的好和不好在哪裡，所以我明白她現在過的什麼日子。

我是不願意再回去過了。

所以，糟糕的事，不是全都會帶來糟糕的結果。

極大的敗壞，可能會帶來新生，

極大的痛苦，盡頭也許是一座玫瑰園吧。

193. 三階段

最近在趕稿子。

我自己的「寫作生涯」歷經三個階段。
第一個階段是很愛寫，到哪裡都要抱本簿子，
出門忘了帶錢包沒關係，一定要帶自己專用的筆記簿。
只要面前有一張桌子，我就會坐下來寫。

好像透過寫字可以把自己腦袋裡的事整理清楚。
另外我是感情氾濫到不行的人，
因爲想法太多，自己覺得不「排掉」一些，那眞會被自己的情緒給淹死。
我只要寫下來，就可以忘記。

第二階段，是我的這個習慣成了職業之後。
本來只是愛寫，忽然有一天發現可以靠這件事賺錢。
一開始很高興啦，覺得在做自己喜歡的事，然後又可以靠這養活自己，
但是後來就變成噩夢了。
因爲成了職業，必須在一定的時間出一定的量……
我不是那種越冷越開花的人，
我抗壓力超差，一有壓力我馬上就焦慮，胡思亂想，腦袋空白，什麼事也做不出來。
但是不可思議，我這個很容易抓狂的人，事實上時常讓別人抓狂。

我前男人巨蟹座。
巨蟹好像很有自處之道。剛跟他認識的時候，
他看我接催本電話接到要發瘋，就很輕鬆的說：「那就不要接呀。」
他幫我裝了答錄機，這之後我就不怕那些催本電話了。

我不知道別人家答錄機怎麼用，我家答錄機，
最常使用的是消除鍵，每次看到答錄機，不管裡面幾通留言，
一律消除之。

我前男人的名言：「如果這件事有那麼重要，那他一定會設法找到你的。」

我前男人有很多名言。

不過這句話眞的很有道理。的確，眞的要找我的人，就一定會找到我。
只是通常都是打過八百通無人回應的電話之後。
所以終於把我給逮到的時候，通常都呈半瘋狀態。

我在圈子裡是出了名失蹤者，誰也找不到我。
我最常聽到的招呼語是：「我找你找了好久。」
還有：「終於出現啦！」

我跟前男人在一起之後，沒有人找我了，都找他，透過他來找我。
我對於和人的直接接觸似乎有障礙，很容易覺得不安，老想跑掉。
我不會哈拉，沒有跟人打成一片的本事。
做銷售員大概是我所知最恐怖的工作，因爲要跟那麼多不同的人接觸。

如果不是我前男人，我的人生歷練可能很貧乏，他是很活躍愛熱鬧的人，會喜歡他，應該就是被他與我迥然不同的性格所吸引吧。

因爲他，我曾經組過樂團，開過咖啡館，開過pub，製作電視節目，在電台作廣播，開補習班。而且進出夜店，紅包舞場，KTV，酒廊，甚至做過候選人的助選員。

因爲他，我認識（不是交往，交往的是他，我只是認識對方而已）一些黑道大哥，頂級富豪，軍火商，原住民公主，酒國和舞國名花，超級模特兒，媒體主管，建築師，設計師，舞蹈家，作曲家，明星，算命師，靈能者。

光瞧我這份名單，各位可以想像出我前男人是多麼熱鬧的人。

我有很長一段時間停留在第二階段，痛恨我的工作，卻不能不去做它。

直到跟他終於分手。

最近一個朋友婚姻出狀況，她正在要離和不離之間掙扎，而我勸她不要害怕變化。

在我，眞的覺得我生命中最糟的這件事，被所愛背叛和拋棄，
可能是我人生裡最有意義的禮物。
我在五十五歲時面對自己的世界全然崩毀，
而現在終於知道，原來我有能力爲自己建造一個新世界。

在現在的這個，我自己獨力打造的全新的世界裡，
我自己有點像蛻皮新生，發現了許多全新的經驗，
而在寫作上，也堂堂進入第三階段。

其實第三階段有點像第一階段，
又變得很愛寫。一坐在電腦前，就覺得很安定安心，
文思源源不絕。

能夠這樣有感覺，跟自己的環境變化，心境變化有關。
因爲迎面而來都是新經驗，事事都令人悸動。

並且，我也沒有預料到我一把年紀了，依然有能力去認眞的愛一個人，
認眞的感覺到痛苦和快樂。

我對象的既複雜又單純，最近才領會到。
他既誠實又虛妄，既多情又寡情，
他非常聰明非常狡詐，卻又異常簡單和明亮，
他的那許多面相勾引我吧。

他屬蛇。

194. 相見

他打電話來說他人正在附近，問我要不要出來一下？

我說好啊。就趕去了。

天下雨，我沒帶傘，淋著雨越過馬路。

他一手抓著傘柄站在騎樓下。人又胖了。問他是不是最近常喝酒？他連忙否認：「沒有，早就不喝了。」

我新染了頭髮，又剪短了。他低下頭打量我，用取笑的口氣說：「剛才看見你走來，還頗有姿色呢。」

我問你不嫌我老嗎？他說不會：

「你三十多歲我就認識你，我看見你的時候，可以從現在的你身上看到從前的你。」

竟說出這樣動人的話出來。

不過，在我也一樣。我看見他時，雖則他胖了，臉腫了，肚皮大了，但是我似乎總可以看到他過去的31腰，穿著白襯衫牛仔褲，Timberland便鞋的高瘦身影。

以前，他每次回家來，一推門，聽見我放的音樂，就會邊跳著舞邊轉進屋裡來。那雙腳擺動的模樣，和Timberland便鞋的影像連結在一塊。看見Timberland便鞋，我總會想起他跳舞的樣子。想起他多麼愛哭，那麼個大男人，寫起劇本來，會被自己筆下的情節感動得唏哩嘩啦的。邊哭邊寫邊拿面紙擦眼淚。

我喜歡他喝酒，除了自己本身喜歡酒的香氣之外，跟他酒後的狀態有關係。他喝醉了總是心情很好，會大笑，把我塞進懷裡，說：

「我怎麼會這樣愛你？

奇怪，我怎麼會這樣愛你？」

我問他跟現在的女人會不會說這些話？他說，不笑，表情很嚴肅：「我們沒那個。」

他說：「那是年輕人的傻話。」

只有他和我知道，我們是年輕過的。

他說他們現在見面不多，大概一個禮拜一次。不做愛。只是過來看看影片，聊天，然後午夜前她會回去。

我很意外，跟我得到的訊息不同。不過他說他是有意淡化兩個人的關係。他還準備把父母從台中接過來一起住：「這樣她就不方便到我這裡來了。」

可是爲什麼要這樣呢？我以爲兩個人多少是有感情的吧，不管怎麼樣，還在一起呀，兩個人都單身，他也五十多了，有個三十來歲的年輕妹妹在身邊陪著，有什麼不好呢？

他看著我說：「有什麼好呢？」

看來兩個人的相處裡還是有一些困難的部分，是他不願意，也或許無法告訴我的。

我們聊了一下工作上的事。因爲環境還是一樣，接觸到的單位，對象，也差不多就是那些人。我們交換了一下彼此知道的和不知道的。批評了一下我們曾經很熟識，但不再合作的對象。

他跟從前一樣，用誇張的語氣談自己的現狀，大聲的讚美自己，吹捧自己的成就。我就聽著。過去我會願意附和，像哄孩子一樣的附和他，加強他的信心，而且覺得他自大的模樣很可愛。但是現在，我覺得那是她該做的，那是她的範圍，不歸我負責，所以就傾聽著。微笑，但是一言不發。

我們的那段二十年的感情，也是水裡來火裡去的，激烈到不可收拾。我們之間的戲碼，除了沒有彼此把對方給殺掉，什麼情節都發生過。我在猜我天性裡的天蠍傾向，絕對是跟他的這段關係激發的。而且他非常強悍，無論我「做」到什麼程度，他總像沒事人一樣，如如不動。數十年如一日。

現在才知道他也是強大的人。比我更強大。不過以前只是被他氣個半死。不知道他其實有能力安定我。而這能力，並不是每個人都有的。

這就是人生的弔詭之處，總要事過境遷才能明白。而明白的時候，其實也就永遠失去了。

離開的時候，他向左走，我向右走。因爲住的地方正好在相反的方向。非常具象的演繹了我們的現狀。

過去停留在我們各自生命的某一點上，之後便分岔開來，往不同的遠方，永遠不會再交集。

195. 該死

該死！
我兩點爬起來寫稿，但是直到現在，一個字沒寫。一直在打混。

每次這樣不負責任的時候，我就非常同情那些跟我約稿的「債主」。
我是沒肝沒肺的，早已經練就了管他們去死的金鐘罩，
從來也不會良心不安。

這個世界的定律是：沒有什麼事是非你不可的。
我大約過了五十歲之後，就時常想說：「假如我突然暴斃呢……」
可以肯定的是沒有任何事會因爲世界上少了我而中斷，
所以我就很心安理得的照我自己的節奏做自己想做的事。
因爲：不會出什麼大事的。
理解自己的渺小無足輕重，是讓我夷然活下去的原因。

窩在沙發上看東森洋片台的《亂世美人》，因爲裡面有我喜歡的男演員阿德里安．布羅迪（Adrien Brody）。他就是以《戰地琴人》得到奧斯卡最佳男主角，在領獎時抓住頒獎的黑人女星荷莉．貝瑞親吻的傢伙。

阿德里安．布羅迪鼻子尖尖，嘴薄薄扁扁，非常卡通化的臉孔，但是他有失意的眼神，眉毛下撇，彷彿正要發出一聲嘆息。

我喜歡失意的男人，好像比較沒有威脅性。

失意的男人，不論多麼陽剛粗暴的典型，在那一刹那，他們顯得非常柔和，甚至溫柔，有點小動物的感覺。

總之我就是專喜歡那種爹爹不疼姥姥不愛的典型，覺得他們忍辱負重，背後有偉大的故事。

當然現在年紀大了，發現偉大的故事只在電影角色身上發生，眞實人生裡，失意的男人通常背後什麼也沒有。

可是還是會對男人的可憐沒辦法，

男人可憐好像比女人的可憐更可憐。
看到一個男人失意和憂愁的時候，
我的心往往隨之柔軟，想用自己的愛淹沒他覆蓋他。

誤以爲自己的愛是像海一樣深一樣廣大，
誤以爲自己能像大海一樣的包容和忍耐，
可能是我的妄想和自大吧。
有時候就眞的覺得：還是做不到。

196. 自言自語

上線看看，信箱空空。
在想怎麼啦ㄚ？怎麼大家都不理我了。
可能我到了另外的，沒有網路，也沒有其他人的平行世界了吧。
不過希望這世界至少要有我的小孩。

我全世界上最喜歡的是我的小孩，雖然他們都很大了，
女兒和大兒子都三十上下，可是我每天都還要抱抱他們。
假如心情特好還要親吻他們的臉。
因爲想讓他們知道我多麼喜歡他們，
而且在今生可以跟他們結緣做母子是多麼美好的事。

最小的 Oscar 才十六歲，他與我有特別的儀式，

他只要出門，一定會叫我幫他翻衣服領子，
哇哩勒，他快一九〇呢，我每次都很費力，簡直都搆不到他的脖子。
可是我們每次還是這樣，
我把手抬那麼高幫他整理衣領，
理完之後他就會把手圈過來緊緊抱我一下，
跟我說再見，才出門。
這件事的困難反而變成很特殊的感覺。
我抬起頭或者抬起手的時候就總要想起 Oscar。
我們的導演也是一九〇公分，啊每次跟他講話都很吃力，頭要抬很高，
導演也很年輕，廿七歲。他總讓我想起 Oscar。
Oscar 絕對是基因食品的產物，
因爲姊姊一六三，哥哥才一七六。
媽媽，就是我啦，其實只有一五八。

女兒對我老是不放心，
跟她說我交了網友，
女兒就說：媽媽呀，你不會被騙吧。

我出門在外，過了十二點沒打電話，回了家就會被訓話。
她大概以為她老媽才十八歲吧。

我是個糊塗老媽，時常出狀況，所以小孩跟我在一起時常如臨大敵，
我要出門，兒子一定要先幫我檢查有沒有帶鑰匙錢包手機衛生紙（因為容易過敏老是會打噴嚏），
眼鏡（不然看不見東西），
口香糖（沒有口香糖我活不下去），
書（好讓我無聊的時候有事做）。
過馬路時，那個大叫：「你想死呀！」的大半不是汽車司機，
而是我大兒子。
因為在大陸待太久了，每次都忘了看紅綠燈。
出去逛街，一定會一人前一人後，像犯人一樣的押著我，
否則我很容易就迷失在不知哪個商店裡消失了蹤影。
所以兒子時常說：「我總有一天會被你害到心臟病發作。」
出門在外，我只要說：「啊呀！」

全家馬上神經緊張，一項項問：
是瓦斯忘了關，電子燉鍋忘了拔插頭，還是洗澡水仍在放，或者大門關了卻沒鎖上？
其實我只不過在口袋裡摸到了以爲已經不小心遺失的白金卡而已。

我們時常全家出去吃飯。
只要少了姊姊就會戰鬥力不夠，食物老吃不完，
這是很神祕的事情，因爲姊姊食量其實不大。

女兒是我們家的美食總管。
每次和男朋友約會，去了什麼好吃的餐廳，
隔幾天那家餐廳裡一定有我們一家。
這麼愛吃爲什麼家裡人都不胖？這也是很神祕的事情，
不過我們全家人都很懶，
可能也懶得發胖吧。

197. 美女

我母親是美女。
家裡有四個女兒，前幾年幫老媽過生日，
結果大家的三圍攤開來，
還是老娘的最標準。

我娘已經七十多了，可是看她背影，還會有人吹口哨哩。
不過去年她脊髓開刀之後，行動不便，走路要拿枴杖，
已經沒有從前的威力了。

我老娘的愛美是全面性的，
除了愛她自己的身體外表，她還愛她的孩子，
從小給我們四姊妹做一模一樣的衣服穿，
買一模一樣的鞋子。

家裡一塵不染，衣服每天洗。
我時常發現自己剛穿舒服的衣服，
一轉身，就不見了，被老娘拿去洗了。
洗完漿完就變得硬硬的割皮膚，啊非常難受，
那時候就明白美是要付代價的。

老娘因爲是美女，所以永遠脾氣很好，從來不罵人，也不埋怨，
因爲發怒了是不美的。
受了委屈，就像電影裡的美女，背著人暗自飲泣。
這也讓我明白，拚命愛美就不能做自己。

媽媽按照所有美的標準來架構她的人生，不美的便不做，
但是人生裡總有許多其他不愛美的人類，
不關心一些事的美或不美，也不在乎自己美不美；
這種人還包括她的女兒我。
所以我的老娘只要提到我便說：「不知道前世欠了你什麼……」

後來報應來了。

我這樣肆無忌憚胡天胡地的人，居然生了很美的女兒。

我的女兒從小是公主，長大後吸引王子。

她沒滿周歲，推著她走在路上，就有人過來給她拍照。

二月份她去國外旅遊，海關官員還跑出來問她旅館住哪一家。

女兒白白的，臉小小的，腿長，腰細，皮膚柔膩，是豔麗型美女，

我有時候看她，也覺得奇怪，自己怎麼會生出這種東西出來，

可跟我一點也不像呀。

我媽媽就很滿意，證明我果然遺傳了她的基因，雖然隔了一代才顯出來。

女兒受月亮天秤的影響，超愛美。

我努力不要讓自己有的那些，我娘的基因，

結果也跟我娘的美貌一樣，

隔代遺傳到了女兒的身上。

因爲不和諧是不美的，所以從小到大，只要罵她她就乖了。
長大以後，男朋友只要凶她她就聽話了。
所以，雖然很多人追，也跟很多人分手。
我老是勸她脾氣要壞一點，在愛別人之前要先愛自己，
因爲是天秤座，所以對我的話總是搗頭如蒜，
但是我知道她不會照做，因爲回來哭的時候太多了。

我娘是沒法調教了。她到現在還會因爲繼父對她說重話而幾天鬱鬱不樂，
我勸她離婚她就說：「那太難看了。」

對女兒則試圖讓她明白，不建立自己的自信，那麼美到了七十歲，
就會像我老娘一樣。

就是這兩個人，讓我覺得美貌其實是包袱啊。

198. 不乖

有網友說：你一定很不乖吧。

怎麼會，我很乖的。

我是最適合做情報員的人，
沒有任何特徵，
外表讓人過目即忘。
到哪裡都站最後一排，坐角落的位置。
去吃飯，店員看不見我，忘了招呼，
或者拿了要買的東西沒有人理，
這種經驗常常有啊。

我和前男友每天去社區的便利商店買報紙，買了多年，

現在他帶著新女友一起去買報紙，從來沒有人發現那不是我，
沒有人發現他身邊換了人，還告訴我：「我常常在社區看到你們。」
哈哈，那女孩一定也跟我一樣不起眼吧。

我連在路旁招計程車都很困難，
時常讓我想隨身攜帶那種球迷用的喇叭。
說話總是沒有人聽見，
招手總是沒有人看見，
這是我很少一個人去任何地方的理由。

我時常猜想，哪一天跑去搶銀行，扛了一袋錢走出大門的時候，
大概也不會有人發現吧。
警察來問案：搶匪究竟長什麼樣啊？
行員大概會答：
不高不矮
不胖不瘦
好像長髮又好像短髮

好像是男的又好像是女的……

哈哈開玩笑的啦。
不過說眞的這就是我從來不穿長褲的原因。

因爲外表很乖，
所以心裡就特別不乖，
從小到大，肚子裡塞了一大堆的「爲什麼不行」。
我最喜歡的兩句英文，就是
「why not」和「so what」。
只要不會死人，我就總想試一試。

日文有所謂「一生一度」，
意思是一個人一輩子會碰上只此一次難得再逢的際遇。
當然我們可以選擇沒有風險平穩美麗風平浪靜的人生，
可是我更寧可要一個
可以痛哭也可以大笑，

有醜陋也有美好，
有糞便也有鮮花，
百味繽紛，
眾色雜陳的人生。

再說，都一把年紀啦，
還乖，那不是太悲慘了。

199. 男人女人

女兒有一大堆人追，
但是偏偏最喜歡的卻是那個甩過她兩次的男人。
我也喜歡他，因為他跟我同姓，
而且個性也差不多，
她常常跟我說：
「媽媽，你說話怎麼跟他一模一樣。」

這個跟我同姓的男孩，後來每次跟女兒吵架，
就告訴她：「你回去告訴你媽媽，看她會說你對還是我對。」
但是這男孩昨天告訴我的女兒：
「你回去告訴你母親，我是壞人，讓她罵我好了。」

女兒就從台北跟我通雅虎通，

哭了半天。
一邊哭一邊笑。
把兩人分手的經過告訴我，
一邊罵他，一邊又想起：
「可是他好可愛。」說完了又哭。

她是那種很不專心的個性，
男人說要分手，她就哭了，把眼線都哭花了，
男孩說：「拜託你不要這樣好不好，等下人家以為你被我打的。」
她一聽馬上笑起來。
笑了一頓，想起這男人要甩了自己啊，還笑！
於是馬上又很努力的開始哭，
可是情緒已經跑掉了，哭不出來。
所以就說：「假如我懷孕了，那你一定會娶我吧。」
男人說：「如果是這樣，那當然。」
男孩子家裡是三代單傳。
女兒想了想便說：「你看我對你多好，都不用這方法來逼你。」

後來就替他算命——她是星座專家，在雜誌上寫專欄。
女兒告訴他說：「今年你會有小孩。你最好避孕，不然一定會結婚。」
男孩說：「我去算命，算命也說我十二月會結婚。」
女兒便說：到時候不必發喜帖給我，我不會去的。

她講到這一段，又開始哭。
說：「我要得憂鬱症了。我不明白，為什麼都沒有男人愛我？」
我說怎麼沒有，把她的追求者名單報給她聽。
她想了一下：「哦，對哦。」
可是又哭起來：「可是我對他們都沒興趣。我就只想跟他在一起嘛！」
我說那你就讓自己懷孕啊。
女兒這時又很理智：「我才不要。」
她說：「我才不屑用這種方式讓男人就範，我就是不要用逼的。」
那萬一他別的女友懷孕了，結果逼婚成功，你不會覺得不甘願嗎？
女兒說：「哼，希望他生出來的小孩是智障蒙古症，還有白血病遺傳。」
這樣想她又高興起來：「哈哈哈，那時候他就會後悔沒有娶我。」

女兒是很單純的女孩，長得又漂亮。
唯一缺點就是：「她是個美女」。
男孩說：「你要長得醜一點，說不定我們反倒可以天長地久。」
他不要美女的原因是美女要求太多。
美女就像精緻瓷器，要時常去照顧，擦拭。
美女的功能是觀賞，如果不花精神去觀賞，美女就用處不大了。
但是你把花瓶放進儲藏室八百年，
花瓶不會打手機要你帶她出去玩，
忘記了花瓶的生日花瓶不會埋怨。
所以男人通常就留下花瓶，放棄美女。

200. 美女復仇記

我女兒是處女座加射手座，表面看上去是大人，
內在非常孩子氣。

她從小就如此，不專心，
每次哭鬧的時候，只要往旁邊一指，
「你看那是什麼？」她馬上就忘了哭。

她兩三歲的時候，我時常在她睡著後，
偷跑去巷口雜貨店買東西，
擔心她醒來之後會跑出來找我，
就在到門口的行進路線上排上玩具。
每次回來，就看見她坐在地上玩玩具，
已經忘記要找媽媽這件事。

可是她的感情很深和長久。
她小學的時候喜歡班上一個男孩，
我只知道那男孩的綽號叫「哈老哥」。
後來上國中，又遇見過「哈老哥」一次，
她回來說「哈老哥」比她還矮。
不過我女兒其志不改，還是最喜歡哈老哥。
她上國中了，念復興美工了，
畢業了，做事了，
都還是抱著夢想，將來會遇到哈老哥，
哈老哥就是她挑選對象的唯一標準。

那麼哈老哥是怎樣的男孩呢？
女兒說哈老哥長相很平常，
不高也不帥，可是人開朗，喜歡笑。
後來她喜歡的對象多少都接近這一型。

因爲是美女，從小就有被人跟蹤盯梢的經驗不必提，
她開始工作以後，因爲心裡還是只有哈老哥，
（雖然這個哈老哥，在她念國中時一次偶遇之後就再也沒見過了）
所以對別的男人來追她都不假辭色。
因爲是射手座美女，所以有那種毫不自覺就說出極毒辣的話的本事。

美女拒絕追求者名言：
「被你追，我寧願去死。」
「你再來糾纏我，我要辭職不幹了。」
「我明明白白告訴你，我對你不感興趣，我從你的頭髮討厭到你腳底，連你呼吸過的空氣都不想聞。可以了吧。」
「你要我喜歡你，你這一生就永遠不要出現在我面前。」

以下情節眞的在我家發生過：
晚上有人抱著吉他到我家樓下唱歌連唱三天。
有人要跳樓給她看，以死明志。（幸好沒跳成）
不明禮物送到家裡來。連送禮人的名字都沒有。

有人送她九百九十九朵玫瑰。當天不是情人節，也不是她生日。
有個追求者每天上班都會來鬧她，要讓她氣到拿皮包打頭才算完事。
那時我們諢稱她有「每日一打」。
有個不明人士，只要見到她就拍照，這個人我們擔心了好一陣子，因爲他好像在跟蹤女兒，她在任何地方都會見到他。他唯一沒拍到的大約只是我女兒進家門之後的照片。
這件事持續了一年左右。想必那人又找到了別的對象。
我們從來沒有看到他拍的任何一張照片。

這樣的女兒，到了二十八歲，才談了第一次戀愛，終於明白可能一輩子也不會再見哈老哥了。

第二個男友便是讓她哭得要死的這個。
這男孩應該也算是哈老哥型。非常機靈，有幽默感，反應快。
女兒有時過來跟我聊他們在一起說的話，
我時常覺得可以一字不易放到劇本裡。
女兒很喜歡他。但是談了兩年戀愛，男方忽然消失無蹤，完全沒下文。
女兒因爲是美女，所以一聲不哼，因爲跑去問是有失風度的，而且：「萬一被我發現他交了別的女朋友，那我不是丟臉死了。」
所以就在家裡默默垂淚，一邊看恐怖片，看到血腥場面便哈哈大笑。

這樣過了兩年。
男孩子又回來了。
這樣又過了一年，男孩又走了。

我們家的美女現在越來越漂亮了，（不是我說，是大家都這麼說。）
但是思想開始有些轉變。
上一次跟男友分手，因爲受了刺激，
美女開始願意面帶笑容跟一些其實沒什麼興趣的人喝咖啡了。
很享受了一下被「眾星拱月」的感覺。
女兒現在說：早知道以前就不要一直拒絕人。原來被人捧著的感覺也滿好的。
據美女的弟弟報導，阿姊現在又在家裡貼大字報了。
美女列出了她的復仇計畫：

1. 我永遠不理某某某！就算世界末日也不理。
2. 我如果再跟某某某講一個字，老天罰我暴肥三公斤，而且是在節食的情況下。
3. 我一定要找到一個比某某某更好的對象，馬上閃電結婚！

最後大字報底下是一排：

哈哈哈哈哈哈哈哈哈哈哈哈哈哈哈哈哈哈哈哈哈哈哈哈哈哈哈

201. 我這樣的母親

我二十六歲成爲一個寫劇本的人，
這之後，就再沒有做過任何正常母親會做的事情。

在麥當勞剛進駐台灣，全台北只有一家的時候，
我的孩子就是在麥當勞解決三餐的。
吃完麥當勞吃三一冰淇淋。
後來是吃「肯德基」，吃「漢堡王」，吃「必勝客」吃「達美樂」，
我的小孩到現在不大愛吃速食，可能跟這件事有關，
早就吃怕了。

別的母親把飯菜送到餐桌上開飯，
我帶著孩子站在十字路口丟銅板決定去哪一個方向的餐廳。
一直到現在，我們家的「廚房」遍布在台北市各處，

功能表在餐廳的 menu 上。

我如果寫稿很忙，就直接帶他們去咖啡館，

我在這頭寫稿，小孩在那一頭打小蜜蜂。

我的孩子是這整個世界養大的，

不同的餐廳餵養他們食物，

不同的商店供應他們衣物，

不同的百貨公司滿足他們的需求，

不同的遊樂場和玩具店帶領他們玩耍。

不同的學校教育他們。

而我這個母親所做的，不過出錢而已。

我是不負責任的母親，

某些孩子可能會覺得有這樣的母親很幸福吧。

我的孩子不上安親班不上才藝班不補習不上加強課程。

自己在帳戶裡領錢交學費，自己在成績單上請假單上蓋章。

他們要看漫畫要玩模型要買遊戲機要玩電動要上線玩遊戲，都可以。

家裡有幾千冊漫畫，有各代的遊戲機，你說得出名字的都有。很早，還是綠色線條畫面的時候，家裡就有電腦，每個人一台，很早就有 B.B. call，每個人一支。後來是手機，一樣，一人一機。小兒子 Oscar 的同學時常在週末來家中廝混整天，看漫畫，看卡通片，玩線上遊戲，到了吃飯時間我會幫他們叫便當或披薩。我們家就像網咖，只不過多了個叫做「媽媽」的女人。

我這樣的母親，而小孩沒有學壞，沒有心理問題，我自己也不知道是什麼原因，只能說命好吧。

大約是很小就明白母親不會照顧自己，我的孩子都滿有想法的。女兒高一就自己去打工，她的每一份工作都是自己找的，雖然說起來我也有一些人脈關係，不過她從來沒用過。大兒子決定要做漫畫家，到現在依舊在苦苦耕耘。他就是那個很像電車男的兒子。一直到現在，做的都是兼職工作，每個禮拜只上三天班，其餘的時間畫漫畫。

小兒子雖然目前還看不出是何狀況，可是從小到大一直教他「不能說謊」，
所以他是一個非常誠實的孩子，可能誠實過了頭，
（事實上我猜他有點懶得說謊吧）
我不知道有沒有別的學生像他這樣，
他上學遲到，就直接告訴老師：「睡過頭了。」
沒去上暑期輔導，理由是：「忘記了。」
沒交作業，老師問他為什麼，他就回答：「因為，發懶。」
我很感激他的老師接受他這種性情。
他因為睡過頭沒去上課，曠課時數過多必須退學，
（這也是我決定要留在台灣工作的原因）
我去學校和老師談話，那時老師說：他是他見過的學生裡唯一不找藉口的，
指責他犯了錯，他會想一想，然後承認。
不過承認犯錯不算什麼優點，還必須要有修正的決心，
所以現在我跟老師聯繫得很勤快，一步步盯著他每天交作業。
上課不能睡覺，每天準時上學。（他每天都準時回家，因為家裡比外頭好玩）
到目前一切美滿，他很乖，老師很乖，我做媽的也很乖。

昨天女兒回家來跟我聊天。她女友想結婚，家裡堅決反對，因爲男方有糖尿病。父母親能夠這麼堅決，是因爲不知女兒和男方的感情深度，他們這個月才知道女兒有交往對象，（事實上已經交往了四年）而且一直以爲女兒還是處女，（事實上女兒已經墮胎過兩次）這女兒住在家裡，每天十二點之前一定回家的。天天見面的家人，但是彼此一無所知。

女兒跟我講：「我今天忽然發現，我們的母女關係很奇怪。」我跟女兒很親密，事實上我跟我所有孩子都很親密，我們會談論彼此的感情，事業，心情，生活。我自己出了問題，不論感情或工作上，也都會跟小孩討論，我們家的民主機制是只有「建議權」，沒有「決定權」，家裡每個人都有一票，可以提供自己的意見，之後便有義務在當事人完全不接受自己的意見時，依舊完全支援。

所以我知道女兒的，幾乎每一件事，因爲她會跟我聊，又沒有必須聽從我意見的負擔。

她「不聽話」，我覺得沒什麼關係，
因爲她的人生路必須讓她自己走。
她如果摔了跤，傷了心，我覺得也沒什麼不好，
因爲沒有這些她成長不了。
我是那種自己坐計程車讓孩子走路的母親。
我要坐計程車因爲我體力差，很容易累，
讓孩子走路是因爲：
1.我猜他們未必能像我這樣會賺錢，可以一生做「計程車族」，
所以不要養成這種壞習慣比較好。
2.走路有益健康。

當我坐在冷氣車裡，想像著我的兒子女兒在34度的戶外奔波，
並且滿身大汗時，一向都非常心安理得。

所以女兒說了：「老媽，我現在才知道：
那些母親很正常，你不正常。」
我認爲這是對我的讚美。

202. 恐嚇電腦

九月一日泰利颱風來了，
從那一天起，我的網路就掛了。
我不太明白這是什麼緣故，可以上網，
但是網頁完全開不出來。

家裡有三台電腦，每一台都是這個情形。
九月二號我正好要交稿……
實在覺得跟製作單位說我網頁壞了很沒說服力，
因爲他們的網頁都能開，
而且全世界都知道編劇是很會「編劇」的。
結果就只好帶著手提電腦全台北市尋覓可以上網的地方，
以下所述就絕對不是編劇，
是百分之百的事實。

我發現：

哇咧！

台北市有一大堆地方可以在路邊無線上網。

我發現在燦坤或3C產品的大賣場附近，

都有無線網路。

公家機構，學校，大型的私人機構，

無線網路簡直是漫天飛舞，

隨便在街角一站，都會接收到四五個。

問題是我的網頁還是開不出來。

最後我索性跑到了電信總局，決定再開不出來，

我就要抱著電腦去申訴了，

敝人我每期電話費都交得很勤快的。

結果，電腦好像知道我的意圖，

網頁果然開了。

我就在那裡寄了劇本，收了信件，
直到電池用光了才離開。

我總覺得電腦是有莫名其妙的靈性的，
「人之初，性本善」，
不過電腦的本性絕對是邪惡的，
專門欺負那些不太懂電腦的人。

我電腦故障的頻率是大約兩個月就要重灌一次，
我不否認我愛上網，可是網路族那麼多，
我不信大家都這樣，所以還是電腦欺負我。
因爲常去修電腦，所以就讓電腦公司老闆認養了我的電腦，
這一有了親屬關係之後，不得了，
我的電腦大約半個月就要去「省親」一次。
錢倒其次，因爲半年前搬了家，
所以離電腦公司很遠很遠了，一修電腦就得花兩天時間，
時間的消耗吃不消。

大概有人要問，附近沒有電腦公司嗎？
不騙你，我家附近有燦坤，有明日世界，有一堆賣電腦的賣場，
但是維修非常麻煩，要查保證卡，要送原廠，得一週或更久之後取貨，
所以其結果是我又帶著電腦公司陳老闆的認養兒子去省親了。

不過這次電腦不能開出網頁，畢竟是小 case，
在電腦問題不大的時候，我家裡就有特異功能人士可以解決。

嗒啦啦啦～～～～～
給各位介紹我們家的超能力者，
那就是我的大兒子。

給各位報一個怪力亂神的訊息，
凡是天宮圖上「月亮在雙子」的，
無論男女，對電器類都特有辦法，
如果你看到有嬌滴滴的美女自己抓了螺絲起子去修改家中電路，

或者自己組裝電腦，她八成是月亮雙子。

總而言之，大兒子是月亮雙子，
他的所學或興趣，雖然與電腦八竿子也沾不上邊，
卻不知不覺成爲我們家的電腦專家，
而這專家最有威力和高深莫測的一件事，就是：
電腦很怕他。
在我家電腦怠工三天，並且維修電話，故障電話都打了還不見效之際，
我終於請出我們家的黑社會來，
因爲恐嚇電腦需要很大能量，
所以大哥精神不濟的時候是無法見效的，
昨天大哥睡了一整天，
今天早上起床，睡眼惺忪的坐到電腦前，
就只是坐在電腦面前，
信不信由你!!!
網頁就好了。

註：我們家黑社會以前恐嚇過電腦很多次，每次都見效，所以別跟我說什麼「網頁剛好恢復」的鬼話，我是不會信的。

203. 靈媒

Discovery 頻道有個節目叫《通靈鑑識奇案》（*Psychic Witness*），
內容都是警探辦案，遇到了死胡同，辦不下去了，
這時候有人建議：「我知道某處有個某某人……」
於是警探抱著半信半疑的心態去接觸靈媒，
之後依照靈媒的指示，或著是找到失去的證物，
屍體，或著是發現新的破案線索。
於是把案子給破了。

在看這一套節目的時候，發現所有的靈媒都是女的。
這所謂的通靈人，男性好像很少吧？
這件事我很好奇，是男性的體質不適合讓鬼靈出入，
還是因為男性比較抗拒這件事，所以使得鬼魂覺得不受歡迎，所以不願意附身？

可是在東方，乩童多半是男性，也有不少男性通靈者，
而在原始部落，巫師則一體男性，沒有女性擔任巫師的。
還是巫師是「祭司」的地位，通靈者是他底下附屬的？
我覺得很有趣，不過上網查了一堆，可能查法不對，
沒找到我想知道的資料。

根底上，不能確知那是惡的人或事，
我一律認定那是善的。
不能肯定那是眞的或假的事，
我基本上都把它當眞的。
因爲我一直個看法，
如果不是的確存有過，這個「名字」或事物不會出現。
而由於意念的能量強大，
人有了意念，一定會造就一個實存體，
所以善的意念會帶來善的結果，
惡的意念會帶來惡。

關於意念，其實我們每個人身上都體驗過意念的力量，
不過可能很少注意吧。最尋常的就是：如果我們被注視的時候，
不管那目光或許是在我們背後，我們也一定會發現。
坐捷運的時候大家不妨做這個試驗，
你盯著一個人的後腦杓專心的看，
沒多久，那個人一定會轉過頭來尋找他背後的視線，就像腦後長了眼睛一樣。
我們也多少有這樣的經驗，正在想誰，他忽然就打電話來，或著忽然在路上碰見。

我有個朋友超有這本事，我有次跟她在羅斯福路上走，我們一路上在聊一些舊識，
就從新生南路到水源市場那一小段路上，遇到了三個我二十年沒見的朋友。
她的經歷都非常詭異，初相識的人如果聽她說話，
八成會認爲她神經有問題，不過在她而言，
那是她天天會碰到的事情。
有一段時間，她愛上了一個有慣性外遇的男人。
因爲在一起，後來她就把這男人的前任外遇，前前任外遇的名字都問出來了。
有一天，她去郵局提款。排隊的人很多，

許多存摺夾著存款或提款條，排放在櫃檯上。
她就在那一排存摺上同時看到她男友的前外遇，和前前外遇的名字。
詭異極了，這男人的兩名舊愛和一名新歡，同時站在這行列裡，
但是除了我的朋友，其他兩個顯然不知情。

我認爲她有「召喚」能力。我們朋友間聚會，有時想到某人，
會半開玩笑的說：「把他叫來吧。」
有時候靈，有時候不靈，不過，有一次，在中山北路小酒館裡，
那時後施明德正在媒體上走紅，我們在談論他，
後來有人說：「把他叫來吧。」
她說：「好啊。」
然後，施明德就推門進來了。

我發誓，這眞的眞的是眞的。

她絕對是有靈媒體質，非常的聰慧敏感，身體不好，脾氣壞，
另外，寫一手好小說。
別問我，我不會說她是誰的。

204. 通靈二談

雖然有一個人在那裡嚇人，不過鬼月談談通靈，也算應景吧。
所以，又來二談了。

許爾文·努蘭的《蛇杖的傳人——西方名醫列傳》裡面說到：
直到十六世紀，人們都還相信我們的腦子裡有一樣東西叫做「異網」，這「異網」的作用是思想，而動脈運輸血液，靜脈運輸空氣。
這種說法被相信了幾乎一千年，直到解剖學興起，這理論才逐漸被推翻。
另外，在地圓說被提出之前，數千年間，人們相信世界是在一個廣大的平面上。提出地圓「邪說」的智者被燒死之後，又經過數百年，他的理論才成爲常識。
我們現在的許多常識，別提更早，甚至只在一百多年前，都被當做邪說的。
如果坐時光機飛回十八世紀，身上又不小心帶了10元一枝的原子筆的話，肯定被當成

「仙筆」。大約價值不菲，抵得上現在的樂透頭獎。而且花大錢買下它的人，一輩子也不會用它，因爲太珍貴了。

而如果你跟人解釋生了病會發燒，是因爲「白血球正在消滅細菌」，就這一句話，八成就會被人綁到柱子上燒掉。

因此我總相信，不能證明的事，不是不存在，只是我們還沒法證實而已。

關於通靈，我也認爲就是這麼回事。

當然，通靈，因爲沒有可以驗證的標準，很容易有騙子，

不過這世界上愛情騙子也很多，許多人依舊相信愛情。

然而遇到鬼神之事，可能一輩子沒嘗試過通靈的人，

卻一口咬定通靈都是假的。這件事，我覺得不太科學。

我從來沒試過通靈，不認識任何通靈人。雖然對這件事一直很好奇。

但是我也不喜歡「命運好好玩」節目裡那個傢伙什麼：「他現在泡在血池裡」、「他現在正在爬刀山」這種話。

我基本上認爲另一個世界跟我們的現世差不多，如果不是碰到大神經病，

像從前的非洲獨裁者阿敏，否則刀山血池那種東西大概不容易存在，想想保養多費力呀，除非用染料，要不，人都死了，上哪去弄那麼多血？而且，照常識來說，血是會凝結的，血池變成豬血糕的可能性比較大。

Discovery 這套節目，那些靈媒模樣尋常，多半是老太婆，年輕貌美者很少。可能太漂亮會讓人和鬼不容易集中注意力吧。

而他們通靈方式也非常簡單，沒什麼弄神弄鬼的狀態。

通常都是警探打電話過去，或著親身去拜訪，靈媒就開始感應。

許多靈媒喜歡對警探說：「你什麼都不要告訴我。」或著只需要一個名字，就開始滔滔不絕把一些從來沒有公布的案情細節說出來。

靈媒的感應狀態，也不像電影電視上表演的那樣驚人，他們大半簡簡單單，就好像邊看電視劇邊跟人講述劇情，就這樣把他們感應到的事說出來，

有需要的話就寫出來，或畫出來。

這裡頭有一個案例最不可思議。

這一家七兄弟，大哥帶著22歲的麼弟去小酒館玩，弟弟泡到了一個漂亮美眉，決定送她回家。

這一分手，麼弟就再也沒有回來，不但這樣，連生死都不知道。

「生要見人，死要見屍」，失蹤是最難承受的狀態，是對親人最大的折磨，所以這套節目裡，許多的靈媒，最初與警探的接觸，不是爲了破案，主要是協助找尋失蹤人口。

警探不相信靈媒，但是所有的管道都查過了，找不到線索。最後便接受家屬要求，去找了靈媒。

這靈媒說出了麼弟的遭遇，說出麼弟已經死亡，還有屍體被丟棄的方式和地點。

但是兇手是誰，說不上來。

有一天，半夜，靈媒忽然打電話給這家的姐姐，要他們到某個地方去，而且要馬上去。姐姐因爲身在不同州，立刻打電話回娘家，叫其他的兄弟開車到靈媒指定的地點去。

他們照做了。

半夜裡，整條黑路上，沒有車沒有人，什麼也看不見。他們把車子停在路邊，還來不及熄火，就看見一輛車從旁邊開過去。

那是他弟弟的車，只是開車的是別人。

這一家兄弟立刻開車去追，同時報警，最後車子被攔下來，開車的正是兇手。正準備逃往別州，如果不是靈媒指點，兇手可能一去不回頭，永遠不會被抓到。

這件事的巧，是要恰好在那剎那的時間點上，早一秒或遲一秒都不可能。

看了這套節目，讓我相信某些人的確有能力去接觸我們無法接觸到的世界。

並且也讓我相信，並不是「人死如燈滅」，亡者有另外一個去處，

而且，如果幸運的話，還有辦法可以跟我們溝通呢。

也許有一天，通靈這件事會變成尋常事……

說實話，實在不知道好不好。假如喪禮辦完了，死者要從陰間打電話來埋怨：

「人家隔壁婆婆死的時候，路祭有三百台車，我死你只給我請兩百五十台……」

或著：「白包要全部買金紙來燒給我，那是人家送給我的，不是給你的……」

想來會很麻煩。
希望科學還是不要發展得那麼快。

205. 我的 Oscar

Oscar 是我們家唯一有英文名的小孩。
他這名字也不是我取的，是上帝取的。

他出生在教會醫院裡。
因為早產，一出生就送保溫箱。
當時醫生就告訴我們他恐怕活不了，
因為他的腸道堵塞，無法排泄。

他讓我們看X光片，
那完全透明的小軀體，連骨骼都只是淡筆畫的陰影，
可是腹部有一整條明顯的黑線，胖胖的，一條大蟲般藏在他肚子裡。
當時，我和 Oscar 的父親站在醫師面前就哭了。

記憶裡還有一個情景。Oscar 讓他父親捧在手心裡。
眞的就是捧在手心，剛出世的，早產的孩子，
現在推想，大約不到十公分吧，他被毛巾裹著，但是捧在手心裡都還放不滿。
我們隨救護車去另一家醫院急救，我一路哭，其他的都不記得。

在醫院裡放了一個月，每天去看他，醫生從來沒鬆口，
還是一直說不知道能不能活。
每次去看他都覺得像見最後一面。
因爲沒把握他活不活得下來，所以沒取名字，
後來就聽到醫院裡的護士都叫他 Oscar。
原來教會醫院裡小孩子出生之後，都會給他一個聖名，
輪到他的時候，正好是 Oscar。

後來 Oscar 終於治好，又在醫院裡養了半年，完全恢復以後才接回來。
大約是在醫院這半年裡被照顧得太周全，
他從小就不痛不病，說來是早產兒，可是除了五音不全之外，什麼毛病也沒有。

幼兒 Oscar 聲音非常美，像雲霧一般，是棉花糖一般的聲音，
聽到他在一旁迷迷糊糊的喊媽媽媽媽，那眞是讓人心都要化了的音色，
我們總猜他將來長大，唱歌一定很好聽吧，
完全不是那麼回事，他連唱〈兩隻老虎〉都能走音。
不過每次叫唱他就唱，他只要一唱全家就笑得東倒西歪，
Oscar 大概以爲我們是讚美他吧。

他出生時姊姊十五歲，哥哥十三歲，所以都把他當小玩意，全家一起玩他。
Oscar 從小就時常看到一大堆人圍著逗他，
所以培養了巨星風格，見人就微笑，揮手，
並且相信全世界都愛他。

他上學完全沒有一般幼兒的情形，快樂得不得了，
進幼稚園第一天，進門就向老師和小朋友揮手說：「我來了。」
他在幼稚園裡談了小小的戀愛，
中午休息時間，老師安排孩子們午睡。
睡在他身邊的小女孩叫做安安，

老師安排孩子們是一頭一尾交叉睡，Oscar 睡覺時腦袋旁邊是安安的小腳，
他回來告訴我：安安的腳好香，好可愛。

帶他去打預防針，他也一樣，非常開心。
跟他說：「要去醫院打針哦。」
他滿臉笑容，快樂的說：「好！」
他說「好」有種特別的腔調，尾音拉上去，很開心的同意。
就帶他去打針了，
他以爲進了兒童樂園呢，
一路和醫生護士招手微笑，
叫他趴著，護士拿著針筒過來，小子仍不知厲害，
護士說：「把褲子脫下來。」
Oscar 用他那尾音揚起來，非常開心的方式，大聲的說：好~~
等護士把針頭插進去的時候，
Oscar 的神情讓人畢生難忘。
他先是很疑惑，不明白打針這麼有趣的事，爲什麼
會是痛的！

之後，
就張嘴大哭了。

他是個一點陰影都沒有的小孩。
學校裡請魔術師來演講，要台下的學生協助表演，
他馬上舉手。結果手錶就被魔術師敲碎了，
到現在都還不知道在哪裡。
老師要找人參加演講比賽，他又舉手，
結果上台把四分鐘的演講詞一口氣講完了，
剩下三分鐘只好站在台上傻笑。
學校舉行運動會，他哀求我們一定要去捧場，
後來全家出席，發現觀眾席上就我們家四名，
原來那天其實是預演。

家裡每個人都有一籮筐 Oscar 的笑話，
每天都要說幾則來取笑他。
不過 Oscar 老神在在，總是高高興興的揮著手說：

「哈哈，那不是我，那不是我。」

也實在很難想像那就是他，
那小小的，傻頭傻腦的小鬼，
和現在個子高高，已經長出鬍鬚的他，
也眞的是兩個人啊。

206. 車上的對話

送兒子去他老爸家裡過年。

「我肚子好餓。你餓不餓？」
「還好。我起來以後在冰箱裡亂抓了一些東西吃。反正等下到老爸家就有吃的了。」
「你要叫你老爸把學費給你。」
「我知道。」
「不要喝酒。就是你爸灌你你也不要喝。」
「我不會喝啦。」
「可是除夕你去他家不是就喝了兩罐啤酒？」
「那是在應酬嘛！大家都喝我有什麼辦法。」
「好吧。你要喝也可以。自己想清楚就好。」
「我知道。」
「你爸要是問你我現在怎麼樣你會怎麼說？」

「我會說老媽現在很忙，很多人追……好啦開玩笑的，我會說不知道啦。」

「對。這樣就對。你絕對不可以把我男朋友的名字說出來。」

「我不會說的啦。」

「萬一你喝醉了不小心說出來呢。」

「那就不能怪我了。」

「好吧，讓我想一想……好吧，那你氣氣他也好。」

「……」

「你回來要告訴我他女朋友長什麼樣。」

「你不是看過了。」

「那是照片啊。我是說真的人。」

「那一定比你年輕漂亮嘛。」

「你要我打你是不是！」

「好啦好啦……你剛才不是說你肚子餓。」

「是呀我好餓，可是我要減肥。」

「拜託過年減什麼肥！一開年就不吃東西，那表示你今年都會餓肚子。」

「那才好，表示我今年都會很瘦了。」

「我沒想到我跟你爸分手以後還比較快樂。」

「什麼！那時候你不是每天哭得要死！還一直喝酒。」

「可是我現在很好啊。」

「不是我說，老媽你還恢復得滿快的。」

「是啊。我也覺得很奇怪……大概我沒那麼愛你爸吧。」

「大概吧。」

「…………………………」

「………」

「你覺不覺得這樣很奇怪？」

「不會呀。老爸又不愛你了你還愛他你才慘呢。」

「是呀，說的也是。」

「好吧。你要記得跟他要學費。」

「我知道。」

「不要說我送你來的，要說你自己坐計程車，叫他給你車費。」

「好。」

「跟他要……叫他給你五百塊好了。」

「好。」

「對了，你跟他說我沒錢，叫他借我二十萬。」

「那你什麼時候還？」

「我爲什麼要還？趁他現在有錢，趕快跟他拿來，免得他給那個女人。」

「他不給怎麼辦？」

「噯，我在養你噯，你很花錢你知不知道。」

「好啦好啦我知道了。」

「你要早點回來。十二點以前不能回來要打電話給我。」

「我會很快回來啦，那裡又不好玩。」

「好吧。再見。」

「再見。」

兒子下車，我就回家去了。

207. 白無垢

今天是小兒子開學的日子。

這傢伙現在已經長到一九〇公分。比我高出一個頭也不止。

手和腳都非常龐大。

跟他父親分手之後，他似乎非常疼惜我這個做娘的，

對我特別親熱。和我出門時總是摟著我，把我當小孩子待似的。

我每次上街喜歡東逛西逛，看到感興趣的東西就要停下來，

他不喜歡這件事，應對之道就是兩隻大手掌往我臉兩旁一包，

擋住我兩邊的視線，然後說：看前面看前面。

推著我直直向前走。

我非常寵愛他，很擔心自己以後會成爲半夜進房間給兒子蓋被子的婆婆。

我工作到早上，胃開始難過，直泛酸水，就藉口要送他上學，叫他陪我去吃早餐。

但是，小兒子不肯哩！上學之前他要先看一部卡通。

只好由大兒子代弟出征，陪我去吃早餐。
結果過了一個很棒的早餐時間。

大兒子是漫畫迷。我們吃早餐時他就講他最近看到的很棒的漫畫內容給我聽。
今天他講了田村由美的 *Seven Seeds* 。

我有時覺得日本大約是近五十年來最有創意的國家。
整個國家充滿了創意者。他們的創意顯現在漫畫、電玩、各種3C產品，
以及各式生活用品上。

近年來許多好萊塢影片都多多少少抄襲了日本人的創意，
有些是從漫畫，有些是從電玩。比較明顯的，例如《駭客任務》、《追殺比爾》。
《駭客任務》，許多人以爲受中國武術的影響，其實構圖、停格效果，
尤其最後一集史密斯和尼歐互鬥，地面整個陷下去的意象，
看多日本格鬥漫畫的人一定很熟悉的。
而《追殺比爾》徹頭徹尾是昆丁·塔倫提諾向日本動漫畫致敬的影片，
他的殘酷到極處的畫面，事實上日本動畫裡早已有酷狠百倍的內容。

日本人的殘酷美學，是讓人從骨子裡寒起來，
毛骨悚然到極點，卻又無由的帶著淒美的氣氛。

田村由美的 *Seven Seeds* 該算科幻漫畫吧，講述世界即將毀滅，
一群科學家預見了這個結果，因此將一批被挑選的青年男女，
帶到未來世界，考驗他們的生存能力，最後存活下來的就是「種籽」，
將在整個世界覆亡時，承擔起讓人類延續下去的責任。

有一組被命名爲「冬」。「冬」組的年輕人，被送到未來世界時，正是冬天，
因爲氣候的緣故，考驗分外酷烈，所有人都死了，只剩下兩個人。
男的在原來的世界是一名棒球投手，
女的是日本歌舞伎界的舞蹈家。
兩個人躲在山洞裡，沒有可以取暖的任何東西，除了他們身上的衣服。
但是兩個人的衣服都不夠，要活命就必須死一個人。
男人因爲太冷，昏迷睡去之後，
女人脫下了她身上的衣服，蓋在男人身上，只穿上了她以前舞蹈時穿的白無垢，
出了山洞，走進漫天風雪中。

男人因爲溫暖，因此甦醒過來。
看見自己身上的遮蓋，他明白了，連忙衝出山洞外。
（這時漫畫翻頁）
在山洞外，女人站著，是飛舞的姿態，穿著白無垢，站在雪地裡，整個人已經凍成了冰柱。
好美麗的死亡，豔絕淒絕。
我和兒子吃完早餐，冒著寒風走回來，邊走邊談。
極冷的天，極冷的故事。
但是覺得很棒哩。

208. 小小愛情

現在這個一九〇公分的小兒子 Oscar，也有身高只有八十九公分的時候。
家裡還留著一張他小時候的照片。照片後面貼著他的身高體重和年月日。

都市裡我最喜歡的玩具是兩樣東西，一個是身高體重機，尤其是還帶算運勢的那種。
另一個就是五分鐘快照。只要看到這兩樣東西，我一定會去玩一下。

小孩小的時候，隔一陣子就會帶他們去投幣量身高體重。
另外只要看到快照機，我也一定會去投幣照一下。
這想來是跟我性子急有關係。就是喜歡立竿見影的東西。

Oscar 的這張小照片，就是他念幼稚園時我和他一起擠在快照機裡照的。
他站在我前面，頭顯得很大，右後方是我的頭貼著他的臉。
一口氣照了大同小異的四張。

照片後面貼著同樣是長條形的身高體重表單。

男，射手座。

身高：89CM

體重：19KG

你的運勢：你將會遇到你的意中人，老闆會爲你加薪，你會心想事成。

關於意中人這一部分。別看我兒子年紀小小，倒的確是有意中人的。

有一天，他從幼稚園回來，忽然說：

「安安的腳腳好香。」

咦，你怎麼知道人家腳丫子很香。還有，安安是誰呀？盤問了半天，Oscar 有點害羞的說了，安安是他的老婆。

聽到這種話，男人跟女人的反應是完全不一樣的。

本人倒抽一口冷氣，立刻開始擔心我兒子會不會是史上最年輕的性騷擾嫌犯。而他爹則非常得意，說：「兒啊，沒想到你小小年紀，已經盡得乃父眞傳。」之後對我說：「現在我總算相信他是我的種了。」

我跟前男友因爲向來是胡言亂語的，所以這種話我並沒有一個巴掌搧過去。只是急著追問兒子爲什麼娶了媳婦了都沒跟父母稟報。聽了Oscar的解說，才瞭解他這段小小愛情的來龍去脈。

他念的是托兒式的幼稚園，小朋友早上送進去，要到晚上才領回來。我到現在還是不知道老師們爲什麼會把小孩們配對，大概爲了管理方便吧，總之，幼稚園老師把孩子們一男一女配在一塊。要他們喊彼此老公老婆。這一對「夫妻」就坐在一起，吃喝在一起，睡覺在一起。

沒錯，睡覺。小孩們吃過中飯以後，要睡到下午三四點。被湊成對的就蓋同一張被，睡在一起。

我小小的兒子的小小的老婆，就是安安。睡覺的時候，小朋友是一正一反穿插睡的。所以兒子的頭就對著安安的小腳。

我們這個四歲的卡撒諾瓦，午睡的時候，不知道在胡思亂想些什麼，居然會聞到人家的腳很香，並且，不只這樣，他還有別的觀察：「安安的腳白白的，方方的，指頭好小。好可愛。」

那我問：「安安長什麼樣子呢?」

兒子說：「她是女生。」

我當然知道她是女生啊，我是問她長相啊。

Oscar 用那種：「你怎麼那麼笨」的眼神睨了我一下。說：

「就是長女生那個樣子啊。」

好像這已經說得非常清楚了。

一直到兒子念完幼稚園大班。這一對小夫妻才被「拆散」。有兩天上下，Oscar 還會想起安安。後來就忘了。

我跟現在十七歲的 Oscar 聊天，問他記不記得安安?

他倒是還記得。記得她的白白的小小的腳。至於安安長什麼樣子，到現在，他的回答還是一樣：「就是一個小女孩罷了。」

總之聽上去，讓我覺得：安安就是站在他面前他也不會認得她。

這個小小愛情故事，就是這一點，不知怎的，讓我有點惘然。

209. 情人節記事

我半夜出門找吃食，穿上大衣，手往口袋裡一插，發現裡面有一條巧克力。

前幾天和 Oscar 一起出去吃飯，他穿著我的長大衣（到他身上就變成短大衣了），吃完飯之後，他說他缺少一點巧克力「酚」。

我不知道有沒有別的人這樣用法。不過我們家小孩都這樣講話的。想吃蔬菜的時候，就說最近缺少一點蔬菜「酚」。想吃肉的時候，是去補充牛排「酚」。

女兒鬧情緒的時候，很顯然是需要「男朋友酚」。

而我們家「電車男」忽然消失不見，大家都知道他是去補充他的「漫畫酚」和「模型酚」。

我因此跟我兒子情話綿綿的時候，就會告訴他我缺少「Oscar 酚」。

而小鬼就會很實際的告訴我，他缺少的是「新台幣酚」。

因爲 Oscar 缺少巧克力酚，所以就一起去買巧克力，他估量了他的巧克力酚的需求量，和他自己新台幣酚的剩餘量，因此只買了一條。

本來準備回家吃。現在看來，顯然他回了家，把大衣一脫，就完全忘了。

他起床上學的時候，我就把這條巧克力交給他。

他放學回來的時候告訴我，他在路上吃掉了巧克力，覺得太好吃了，因此買了一堆巧克力去送同學。

「因爲今天情人節嘛！」

老媽伸手：「我也要過情人節，你怎麼不送巧克力給我？」

「你又不愛吃。」

「可是你愛吃呀，你送給我，我就給你吃。」

兒子說：「少無聊了。」

有一件奇怪的事。沒有情人的時候，忽然開始過起情人節了。

早上起床就有人打電話來留言：情人節快樂。

我到公司去開會，好像人人都在過情人節，寒暄語是：「到哪裡去過情人節呀？」

有個朋友在Motel做事。告訴我今天生意好到翻。往往一整排房間裡都有情人忙著過節，

貓叫聲大作，形成共鳴，如同協奏曲。

我在想今天一天，世界上一定增加了不少會在十個月後誕生的情人節寶寶吧。

打電話。

「喂。今天情人節，你和情人在一起嗎？」

「對呀，怎樣？」

「那祝你情人節不快樂！」

我的前男人，Oscar的爹，WW妹妹的現職情人回我話說：

「幹！」

210. 巧克力事件

每個人的生活中都有重要項目，對Oscar來說，最重要的莫過於巧克力。

這孩子是個巧克力狂。從小就愛吃巧克力。不，超越「愛吃」，其實是到達沒有巧克力不能活的地步。

他每天都要吃巧克力，而且，是以盒爲計，以前每天要吃三盒上下，現在大概年紀大了，加上得他自己花錢買，因此稍有節制。不過也是每天要吃的。

爲什麼我們家會讓小孩吃這麼多的巧克力呢？現在想來，當然跟我這個做娘的不大負責任有關。在Oscar的小孩時期，因爲工作忙，他是在托嬰保母和托兒幼稚園之間來回的小孩。可能是保母或者老師，縱容了他吃巧克力的習慣。不過他是愛吃到離譜，想來不是縱容可以達到的。

可想而知，他的幼兒時期，喝巧克力奶。幼童時期，吃巧克力餅乾，巧克力麵包，麵包上澆巧克力糖漿，他吃巧克力糖，巧克力棒，巧克力飲料，巧克力……比較奇怪的就是，他吃這麼多的糖，可是牙齒很好，一顆蛀牙也沒有。

他是七個月的早產兒，出生的時候，只有六五〇公克，整個人可以放在一隻手掌心裡。他現在手大腳大，他現在的手上可以放上從前的他，放兩個。

也不知道是不是因爲他早產，可能體內缺什麼吧。

Oscar每天都要吃巧克力。不過這個禮拜他很衰，居然一連四天都吃不到巧克力，大大的缺乏巧克力酚。

事情是這樣的。

他每天會給自己買兩條巧克力，睡前吃一條，早上起來吃一條，就像我吃維他命。

那天早上他起來一看，巧克力不見了。

因爲急著上學，他也來不及追凶，就抱著沒有巧克力酚的肚子上學去了。

那天他大約缺乏巧克力酚，人非常疲累。

我那天在外面有事，吃飯時間打回來問他要吃什麼。他說他很累，想睡覺，叫我幫他買巧克力。晚上我帶巧克力回來，他已經睡著了。

我拿了巧克力在他鼻子面前晃，讓他聞香都沒什麼效果，他要睡。但是他知道我買了巧克力，很甜蜜的叫我巧克力媽媽，然後睡去。

第二天他起床要吃巧克力……

巧克力不見了。

電車男哥哥出來自首，他半夜熬夜，於是就把巧克力解決了。

哥哥說：你難道不知道放在冰箱的都是公家物品嗎？

因爲急著上學，他也來不及追究，就抱著沒有巧克力酚的肚子上學去了。

晚上放學，他帶了兩條巧克力回來。

因爲不明原因，他依舊把巧克力放在冰箱裡。

然後他去洗澡，洗完出來一看。

巧克力不見了。

電車男哥哥又出來自首：「我正在奇怪，不是吃掉了嗎？怎麼又出現了。」他振振有詞道：「害我吃得很累呢。」

Oscar 欲哭無淚：「那是我用我微薄的零用錢存下來的私房錢買的吶！」

哥哥說：「我不是告訴過你，放在冰箱的都是公家物品嗎？」

Oscar是上升天秤座。最最不喜歡的便是爭執，於是就嘆口氣，回房去了。

為什麼他不肯再去買一條來吃呢？那是因為天秤座超懶。他回了家就不想出門了。

有個懶人故事，說這個人因為太懶，什麼事都懶。

太太跑去東南亞旅行，明白老公的懶功厲害，怕他餓死，因此做了個超級甜甜圈套在他脖子上，他只要一低頭，就可以吃到。

但是太太旅行一禮拜回來。先生還是餓死了。

為什麼呢，因為他把前面的吃完了之後，懶得把後面的轉到前面來。

我們常說：「後來，那個人投胎，就叫做Oscar。」

一夜無話。第二天，因為自己花錢買的巧克力都沒吃到，覺得非常虧，他拗我帶他去買巧克力，自然是我付帳。

我們買了巧克力回去。Oscar這下非常謹慎，不放冰箱了。他在看電視，把巧克力放在旁邊的茶几上。準備一邊看電視一邊享用。

我因為買了新數位相機。逼他擺pose讓我拍照。他站起來，坐下去，微笑，做痛苦狀，耍帥，挑眉，歪嘴，做鬼臉……就為了兩條巧克力，他配合到無以復加。

等到我終於拍滿意了。他坐下來，手往茶几一抓……

巧克力不見了。

Oscar巧克力酚缺得太厲害，已經到神智失常地步，所以他看看那空蕩蕩的茶几，問我：「媽，我是不是已經把巧克力吃掉了？」

當然沒有。

我們把數位相機打開來看相片，有了驚人的發現。

八點四十二分時，巧克力還在茶几上。

八點四十五分時，巧克力不見了。

因爲全家就四個人，所以緝凶很容易。我們去敲哥哥的房門，哥哥在睡覺。去敲姊姊的房門，姊姊出來開門，邊問：「什麼事？」一邊把一顆疑似巧克力的塊狀物放進嘴裡。

沒錯，姊姊吃掉的。

姊姊說：你難道不知道放在茶几上的都是公家物品嗎？

Oscar很氣憤說：難道我要藏在廁所水箱裡嗎？我就坐在旁邊，那是我要吃的呢！

姊姊說：可是我看你一直不吃，我還以為你不要了。

今天是第四天。

Oscar和我到便利商店一口氣買了八條巧克力。

他做了一件他這輩子從來從來沒做過的事。

你要知道，Oscar是上升天秤座，超級愛美。站在路邊吃東西和邊走邊吃，都是他絕對不會做並且時常禁止我做的事情。

但是他現在站在超商門口，剝開包裝紙。開始一口一口慢慢的吃他的巧克力。

我說：「你不能回家去吃嗎？」

「不能。」Oscar說：「家裡很危險。」

211. 無人知道

是枝裕和導演的 *Nobody Knows*，
台灣翻譯成《無人知曉的夏日清晨》。
實在不知道爲什麼要翻譯成這麼累贅，
其實最簡單的字句，表達的最多。

許多事是無人知道的。
默無一言其實比千言萬語說的更多吧。
這片子，描寫四個被母親遺棄的孩子，居住在東京一座公寓裡。
最大的十二歲，最小的四歲。
母親離開尋找她的新生活了，
孩子們就無聲無臭的活著，
在城市裡，在公寓裡，無人知道。
我最詫異的就是導演所描寫的東京，非常空曠，沒有人。

在這些孩子們在戶外出現的時候，整個城市非常安靜，無人，
整個世界就只有這四個孩子。他們好像活在外星球裡，
那個星球叫做「無人知道」。

許多事無人知道。
就連當事人自己大概也不知道吧。
那種不知道，其實是無意的殘忍，自己哄騙自己說：
其實沒有那麼殘忍。
這殘忍可以繼續下去，是因爲接受的對象接受被欺騙，
並且騙自己說：其實不會痛，不會傷心，不會別的……

小男孩打電話去找母親，但是聽見母親的聲音卻一聲不哼。
那眞是悲慘到極點的狀態，他從母親的生活中退卻，
不是因爲愛母親而不想干擾母親的新生活，
只是因爲明白了自己已經不在母親的生活裡。

我的退卻也是因爲如此，

不是因爲愛或不愛，只是因爲明白。
然而我想這事也一樣無人知曉。

212. 美女女兒和老媽

我在網頁上貼出女兒照片之後，
很多人來問：女兒一定像媽吧？

其實完全不像。

女兒比我美麗得多。
我也不知道怎麼把她生成這樣的。
這個，關於基因遺傳，我可以說我女兒很睿智的
挑選了不要遺傳到我的某些基因，所以才能長成現在這樣子的。

我個人認爲我的基因最強部分是：
滿有自信的。
我從小沒有懷疑過自己，想做什麼都勇往直前。

做錯了就大哭一場從頭再來。
女兒沒有我這種「魄力」。
所以是個很辛苦的美女。

所以我向來覺得：做美女不錯啦，但是要我選擇，
我寧可還是做個明白自己在幹啥，然後專心一致向著目標走的人。
人長的太美會干擾許多事的。
而且年紀越大干擾越多。

我認識一些超級美女，眞的美女，在年輕的時候，
她們後來選擇不要讓自己那麼美。
比如殷琪。
殷琪是混血兒，念高中時容貌出眾，是那種在人群中發光的相貌，
但是她選擇讓自己成爲踏實的企業人。
最近在週刊上看到她作封面。完全看得出她有多少年不曾使用保養品。
比如胡因夢。
最近在媒體上看到她，她非常平靜溫和。那也是不再爲修飾和保養煩惱的臉孔。

比如劉藍溪。這個早期的玉女歌星不知大家是否還有記憶？
她後來出家，不像另一個出家的女歌星那樣嘻笑怒罵，
她出家後便在塵世間消失，現在的相貌非常的秀雅絕俗，
讓人覺得原來清純是她的本質。

當然我也不是反對美。行有餘力，當然也可以致力於美。
就像陳文茜，過去的她實在比不上現在的她。
我覺得美是第二步，要等「完成」自己之後，順便照顧的事。

我常對女兒說，不要相信那些以美爲職業的人，
像明星，歌星，演員，模特兒，名媛，名流。
她們的職業是美麗。要敬業就要美麗。
而且她們的美麗是有價錢的。
她們照顧自己的美其實跟我們照顧自己的人生一樣。
除非你是以美爲行業，否則，維護自己的外表應該是第二步，
要先把自己的人生顧好。

213. 大女人與小女人

我跟前男友在一起二十年。

這二十年一直都是非常貞潔的女人。

之所以貞潔，是因爲還懷抱著少女情結，喜歡自己的一切只屬於一個人，心裡只放著一個人，只專注在一個人身上。

因爲還相信男女之間，專一是唯一美德。

相信，跟了一個人，就要全心全意對他，原諒他，包容他，讓自己成爲他獨有的物品，只屬於他，甚至也不屬於自己。

那時候的我，跟女兒是很難溝通的。

女兒是新新人類。一直覺得有人追她就有權力去接受，同時有一幫子人追她，也不是她的錯。
那時候總覺得她男朋友一堆，會搞的心很雜，
沒有辦法純淨下來，體會只愛一個人的感覺。

但是這樣專心專意只面對一個人，
接受和包容他好或壞的全部，卻還是一樣出了問題。
自己以爲還在相愛的時候，
對方的愛已經退潮。
而且，有時候，愛並不能換愛。
在對方轉身的時候，愛一點用也沒有，
而且在對方眼中成爲很醜陋的東西。

後來就成了大女人。

不知道得怎麼說。我第一次背離前男友的時候，
完全是硬著頭皮去做的，
好像不讓自己身上烙上別的男人的體味，

便不能驅走他在這二十年裡加諸在我身上的氣息。

並沒有那麼容易。因爲，某方面來說，我也在背棄我自己。
在接觸了二十年來的第二個男人之後，
我自己對於純情或專情或貞潔的信仰便崩潰了。
終於發現自己原來也可以
心屬於一個男人，而身體屬於另外一個。
而這兩種承諾都不必負責，
隨時可以背棄。

唯一值得忠貞的，是自己。
就這樣成了大女人。

這之後，就覺得男人其實不是那麼要緊的東西，
可以來也可以去。可以要也可以不要。
交了幾個網友，話不投機我就「蒸發」了，
懶得去理他們。

某種程度上，我的心可能是關閉了的吧。
因爲無心，離開或接納人都非常容易。

這時候勸我不要交往那麼雜的人變成我的女兒了。
女兒現在專心專意的愛著一個男人，
已經把身邊的護花使者一一除名了。

她開始走我過去的老路。
整天嘴上念著心裡掛著，都是那個男人。
以前她的宗旨是合則來，不合則去。
現在則也感覺了在心愛的男人面前讓自己低微的快樂。

女兒開始改變自己，從大女人成爲小女人。
我的路正好和她相反。
而這兩條路又其實是一條路，只是方向不同。

而我有些疑惑，爲什麼成爲大女人或小女人，都還是因爲男人呢？
因爲被男人愛，或者被男人拋棄。
爲什麼不能只因爲自己的自覺呢？

214. 生日與三一九

三一九是我們家電車男的生日。所以這一兩天，
只要看電視，電車男就說：
「阿你們要怎樣都可以，拜託不要在我生日幹這種事好不好。」
想到這一生每次過生日就要面對兩顆子彈事件被拿出來攻擊研究和討論，
他就覺得很ㄙㄨㄟ。

因爲阿扁，想必他的生日從此可以載入青史，進入歷史課本，
進入國史館，八成也會進入世界史，
這件事一想起，他就覺得忿忿不平。
「拜託你們選哪一天都可以，不要糟蹋我的生日好不好。」

我的兒子和徐若瑄同年同月同日生。
他沒有見過徐若瑄，我是見過的。

一想到這兩個小孩也許在投胎的時候是坐在同一艘船上，就覺得非常……不幸。

我們有時候開玩笑說當初兒子如果跟徐若瑄換位子，今天我就是星媽了。

不過兒子是很明智的，他總是回答我，如果徐若瑄生在我們家，肯定會變成漫畫迷，電玩迷，而由於家裡的飲食習慣混亂，肯定會發育不良。而且長到十二歲的時候就要被迫天天照顧弟弟Oscar。相反的，如果他生在徐家，十八歲大概會拍寫眞集吧，之後進入演藝圈，進軍日本，成爲紅星。

我覺得男女有別，實在不相信他的寫眞集能有多少銷路。

兒子這時就豎著一根指頭在我面前搖晃：

（這是他從漫畫上學來的）

「No No No No。」他說：「你要相信命運。」

電車男是我們家的冷笑話大王。

他對笑話過目不忘。

每次全家開車出遊等紅綠燈或者買電影票排隊的時候，

他可以不停歇的一個又一個供應冷笑話。

他講冷笑話的時候不笑，而且完全像自動販賣機一樣，

一投幣就出來。

不不，他不收錢的。

這只是形容他說起笑話來完全不需要經過大腦。

好像身上有什麼笑話啓動裝置。

這一天出生的人，太陽雙魚，月亮雙子，水星雙魚。

他跟徐若瑄相似的地方，大概就是語言能力超強。

徐若瑄到日本去的時候，一句日語也不會。

後來……後來大家都知道了。

電車男小的時候，姊姊念小學，

老媽（就是我啦）在家課女，看她老念錯字就碎碎念。

弟弟大概覺得姊姊太可憐了，因此主動幫姊姊念起書來。
他當時幼稚園小班，我們突然發現他認識整本小學課本裡的字。
怎麼學會的？不知道。
後來他忽然就懂了日文，每次Oscar玩日本電玩，他就在旁邊做中文解說。
他的電腦特地灌成日文版，上日本網站，交日本網友。
去年考日文高級檢定，低空略過。準備今後靠翻譯維生。
他是怎麼學會日文的？還是不知道。

他學什麼都很快：
學騎單車，一天。騎摩托車：一小時。
後來學開車，負責教他的，Oscar的爹地，花了十分鐘講解，
之後就交給他自己處理。居然也拿到了駕駛執照。
不過大概速成的不靈光吧，上路只開過兩次，
一次撞車，一次拋錨。
所以電車男現在都坐「電車」。
以符合他「電車男」的封號。

電車男大概是天才吧。不過他的天才在我們家，最大功能是應付老媽。

我跟他的對話有時候連我自己都聽不懂。

他對我好像有讀心術，每次跟他說話說一半就好。

我只需要說：「那個……」

兒子便說：「好。」馬上把我要的東西拿來。

我說：「我覺得……」兒子就說：「對呀。」然後我說：「以後……」

兒子就說：「你最好這樣。」

我跟他的溝通已經到達我只要說「阿阿呃呃耶耶」就可以搞定一切的境界。

所以我的人生規畫其中一項就是，老了絕對不要跟他同住。

跟他住在一起，我相信我一定會退化。

電車男有一項，絕對是超能力的能力。

他超會找東西。任何東西只要不見了，別人怎樣我不知道，在我們家，通常大家就坐下來看電視，一邊等電車男下班回家。

每次電車男回家推開大門，聽見一片歡呼聲，他就會很明智的說：

「這次是什麼不見了？」

我們花兩個鐘頭做不到的事情，電車男多半二十分鐘搞定，
所以全家就時常在家坐著看電視，一切交給電車男。
幸好他不必出嫁到別人家去，這件事我們全家都很慶幸。
阿姊可以離家，老媽可以出國，Oscar可以跟同學夜遊不歸。
電車男一定要留在家裡，留在家裡接電話。
以備老媽從北京打電話回來交代什麼的時候，可以轉告大家。
越洋電話多貴呀，只要有電車男在，我通常只需要說八個字。
你們知道的，就是「阿阿呃呃耶耶哼哼」。
嗯，聽不懂？沒關係，電車男可以翻譯。
而且他從來不會弄錯我的意思。

215. 裝熟魔人

中午全家跑去吃飯。吃完了結帳的時候，餐廳老闆娘問：

你們這裡有沒有古亭國小畢業的？

我們家三個小孩都是古亭畢業的，就說：「三個都是啊。」

老闆娘就說：「這裡有你們的同學。」她手往前方一指，

一個男孩正站在桌前收桌上殘餘，她說：「我兒子說他認識你。」

那兒子跟我家 Oscar 差不多大，所以 Oscar 看過去。對方看過來。

兩個人相認了。

小學同學哩，多年以後相見，都從小孩變成了大人，至少，外型是完全兩樣了。居然還能把 Oscar 認出來，必定是好友吧，必定對 Oscar 有深刻的印象吧？必定……

我期待看見讓人熱淚盈眶的場面。不過兩個男孩都很鎮定，他們遠遠的，彼此隔空打量了幾秒鐘，Oscar面帶微笑，像頭長頸鹿一般的昂著腦袋；他是那種很隨和，給人無害大型動物的感覺的孩子。而他的小學同學，大約一七五上下，比Oscar低了十來公分，因此遠遠的，略微抬頭看他。

我暗自猜想他不走過來（和Oscar不走過去）是這個原因，如果站得太近，會呈現明顯的尊卑畫面，跟老友相認的溫暖動人情緒是不協調的。

Oscar說：你是……

該死！他忘記了對方的名字。

尷尬三秒鐘之後，對方說：忘記了就算了啦。這時Oscar想起來：對了，你是×××。

對方微笑。

之後我們全家落荒而逃。

才出了店門，Oscar 立刻說：我再再再，再也不要來這一家店了！
我們很可惜，因爲這家是附近少數合我們口味的餐館，以前時常來吃的。
Oscar 說：「該死！這傢伙怎麼躲這樣久都沒有出現過！」

他的兄姊幫他作了些無厘頭的推論，諸如：

1.對方一直想不起他名字，所以只好一見 Oscar 來店裡就躲起來，直到——（老哥誇張的做出了閃電超人拯救地球的手勢）
終於想起了他的名字，所以才在自己家開的店裡現身了。

2其實他每次都在，一直默默的，癡癡的徘徊在我們的餐桌周圍，期望他的小學同學能夠認出他來，但是——（很明顯，這是老姊的少女漫畫式的推論）
無情的 Oscar 只是大口喝酒大塊吃肉（Oscar 抗議：拜託，我還未成年呢），瞄也不瞄他一眼，終於，他忍不住內心澎湃的熱情了，於是……

Oscar說：嗳你以爲他同性戀呀！
姊姊說：說不定哦！
Oscar說：「叫他去死啦！」

請各位看官不要理我們家人自己取樂的打屁，事實眞相是：
這人跟Oscar甚至不同班，只不過同校而已。
Oscar不知道是什麼變種，他從幼稚園起，就一直是「全校」最高的人，歷經小學，中學，高中，一直如此。所以我們家逛夜市，要是找不到他，只要抬頭向上看就行，他那顆腦袋通常都是浮在人群之上的。

Oscar說：我最討厭半生不熟的人跟我打招呼，害我要想半天。
哥哥問：你知道他家住在這裡嗎？你知道他家開店嗎？你小學畢業之後有在校外見過他嗎？
回答都是No。
哥哥說：那你跟他根本不熟，怎麼叫做半生不熟。
他們後來開始討論對人際關係的定義。

在哥哥定義裡，在電梯裡偶爾而碰面微笑的同大樓住戶，叫做不熟。
大樓管理員雖然幫我們收掛號信，每月收管理費，而且每天會見面，叫做不熟。
常去買東西的店裡，偶爾會寒暄一些紅綠對抗，靜坐長跪之類話題的店家，叫做不熟。
同學三年，但是只知道名字從來不講話的，叫做不熟。
時常來買東西的老顧客，叫做不熟。
幾乎可以等同陌生人。

Oscar大爲驚奇：這種情況我都覺得算「半生不熟」呢。
那麼對Oscar，怎樣的情況叫「熟」呢？

1.放學的時候一起走到捷運站，而且可以聊一聊電玩或漫畫的同學，叫做熟。
（雖然搞不清他是哪一班的）
2.上網在聊天室裡哈拉過數次的網友，叫做熟。
（雖然連對方是男是女，年齡姓名都不知道）
3.同在漫畫社，會交流彼此的電玩和漫畫的同學，叫做熟。
（不知道對方的班級住址和電話，因此每次東西借給人，對方不來社團，就永遠收不回來了）

哥哥說：這種其實就叫半生不熟！

Oscar說：可是我覺得我跟他們很熟哇……

他忽然開悟，哇哇大叫起來：啊呀，原來我就是網路上傳說的，超級欠扁的「裝熟魔人」啊！

他罵自己：該死的！

216. 說謊

打電話給他，他沒接。
後來過一會，他撥過來：你剛才打電話給我嗎？
我說是。
他鬆了一口氣，然後問：「爲什麼沒有號碼？」
因爲是家裡電話。我家裡電話一直都是無號碼顯示的。他叫我改過來。
「現在無號碼的電話我都不敢接了，害我看了半天。」
我是半夜一點打去的，午夜，無號碼的電話，他不敢接。
我沒問他爲什麼不敢接。
也沒問爲什麼以前他敢接。我家裡的電話一向是無號碼顯示。
我說我不知道怎麼改，他很熟練的教我整個程式。

我聽了半天，沒告訴他我聽不懂，只說：下次我會用手機打給你。

我覺得他改變了很多。
變到跟過去幾乎兩個人。
以前我說我們不要在一塊了，他就說：「不要。」
像小孩子一樣，說：「不要。」只說：「不要。」「不要。」
用依賴的腔調說：「不要。」哀哀的，低微的說：不要。
他那狀況牽扯我，於是就又走了下去。

以前他說他會守在MSN上面等我等到天亮，無論我上不上線，
但是我發現他已經把我給刪除了。
我說：你把我刪除了。
他說沒有啊。
我告訴他我爲什麼會知道。他於是說：我忘了。
我問他要不要把我加回去？
他不回答。
我說你如果不想把我加回去，請明白告訴我。

他說：「不想。」之後說：你不是就要聽這種話嗎？
我說沒有啊，我很希望你把我加回去呀。
他說好啊。
後來他說：其實我上線你也看不到我，我現在都隱藏。
爲什麼要隱藏呢？
他以前從來不隱藏。他那時的說法是：我爲什麼要隱藏？我的MSN上面只有你一個啊。

我猜想他現在在對別人說這句話。

晚上我上線，發現他還是沒把我加上去。打電話過去，他說：我沒上線。
我不講話，電腦上明明白白看見他的日記上顯示著十分鐘前給別人的留言。
他說：你等等我，我馬上加你。
他加了。我們開始筆談。我說他變了。他說：怎麼會？我一直都是這樣。
我提出例子來說他有些情況和過去不同了。
他說：那是你不瞭解我，
我本來就是這樣，只是你從前認識我不深。

認識了兩年，什麼事都做過了，原來還是認識不深。

我從來不知道他是這樣有城府的人。

後來我問：你現在MSN上好友很多了吧？

他說：哪有，就是你跟她。說了他女友的名字。

然後我們商量後天見面的事。

從青島回來之後，我們大約一禮拜見一次。在去青島之前，有八個月不曾相見。

那時候，因爲很認眞的在愛他，見面成爲很糾葛的事，因爲怕見得太多分不了手。

但是現在，這件事變得輕易多了，因爲開始體認到，我們之間，有很多謊言。

我知道不該問的，可是我還是問了：

「你現在在跟她通信嗎？」我說的是他的新崇拜者。他跟她要了mail之後，她就不再留言了。

他說：沒有啊。

我明知一定是這個回答。

我說：「你還愛我嗎？」

他說：「愛呀。」然後說：「你呢？」
我說：「我也愛你。」
我在說謊。

217. 冷血

看《冷血》是很久以前的事。

剛才看了一下資料，台灣版是七十年代出的。看這本書的時候正在念書。記得自己偷偷摸摸的躲在被子裡看，不是因爲怕，是因爲太晚了，父母親看到小孩子不睡要罵人的。

《冷血》是會讓人一口氣看完的書，我猜想現在看，應該也有這個效果。當年印象非常深的，就是柯波帝描寫棺木中的死者一家人的屍體的情景：頭部用棉花包裹著，像巨大的蠶繭。

這畫面在電影裡也出現了，但是不如柯波帝的描寫震懾人。柯波帝的敘述帶出一種非人的意味，好像比整個兇殺過程的描述更讓人心寒和心痛。

而當年看他描寫兇手之一的 Perry Smith 時，也的確對這個人產生巨大的同情。

目前這部電影是由柯波帝傳記改編的。片子裡作了一個設定，就是柯波帝對派瑞是有很特殊的感情的。他說：「我覺得我和他是同一個家裡的人，但是他從後門離開，而我走的是前門。」

雖然柯波帝是同性戀者，我不以爲他對派瑞的感覺是愛情。我猜他是感覺到了派瑞是自己的另一個靈魂。

我們有時候會在世界上遇到自己的「另一個靈魂」。這感覺很難量化或說明。是屬於「知道就知道，不知道就不知道」的範疇。

而我曾經遇到過。

在柯波帝，那另一個自己住在這個兇手的軀殼裡，他憑本能理解他，然而救不了他，他甚至並不想救他，因爲那是黑洞的自己，比較陰暗的自己。

柯波帝是華麗陰沉的作家，他的短篇，好像叫〈愛蜜麗〉吧，不記得了。講老太太愛蜜麗獨居，有一天來了個年輕男孩來借電話，之後請求愛蜜麗給他一份工作，在愛蜜麗逐漸習慣有人陪伴之後，男孩子帶來了他的妹妹（其實是他的情人），而這一對男女逐漸侵入了老太太的生活，進而控制了她。小說結尾是這一對男女在愛蜜麗的豪華大宅裡用她的銀製餐具用餐，而愛蜜麗已經不知去向。

柯波帝有陰沉的部分。只是他是「從前門出去的」，他的陰沉使他成名，而派瑞則成爲兇手。

派瑞的殺人經過，就算現在，看了還是讓人辛酸。他是個溫柔，害羞和敏感的傢伙。心地柔軟。那樣的敏感的心靈，如果沒有強大的意志來駕馭，會非常痛苦的，因爲別人的任何情緒他能感同身受。

他和他的同夥西考克一起去農莊搶劫。把農莊主人綁在地上時，派瑞會幫他墊一個東西枕腦袋，希望他雖然被綁還是可以舒適。其他的對象，他同樣有各種溫柔體貼的照顧方式。但是當農莊主人求他不要殺自己時，他領會到：雖然自己付出這許多善意，對方依然只把他當個怪物。這件事觸怒了他。

柯波帝的寫法很有震撼性，他寫著：派瑞一邊柔聲答應著農莊主人自己不會殺他，同時間他已經割斷了他的脖子。

而之後，聽著血液從喉頭從氣管冒出的咕嚕咕嚕聲，聽著農莊主人的呻吟，他覺得對方太痛苦了，他不能忍受，因此一槍了結了他。

而殺戮既開始了，就必須執行到底。他結果繼續把這一家人全部殺了。

柯波帝很年輕便知道自己是個「異類」。他說：「最困難是：別人對你有成見，而完全不可能被說服或改變。」他和派瑞的悲哀都是有這種自知。他學到了以自己的「異類」爲榮，從而成爲獨特的作家。而派瑞想試圖說服他人自己不是異類，但他人的心不是他有能力去操控的，他於是選擇用死亡讓對方臣服。

《冷血》是柯波帝的最後一本書，從開始收集資料，採訪，到寫作完稿，一共六年。這六年，柯波帝活在兩個世界裡，一個是他正在描寫敘述的內在的派瑞，一個是現實中正在上訴，之後上訴失敗，等待執行死刑的派瑞。而某種程度上，這兩個派瑞都是他自己。

難怪在寫完這本書之後，他沒有辦法再寫了。《冷血》像是他對自己的告解。找到了自己的痛苦和怪異的源頭之後，他不需要再說什麼了。

218. 男人與母親

母親是男人生命中第一個女性，
就像父親是女人生命中第一個男性，
男人與母親的相處方式，
多半是他對待女友或妻子的原型。
女人也一樣，父親如何對待他，
會影響她日後對男性的看法。

所以，要看這男人好不好，
眞的要觀察一下他與母親的相處方式。
不是說孝順就好。孝順有時候也可以是很冷漠和公式化的。
但是如果和母親的關係親近，溫暖，自在，
作這男孩的女友，相處起來，應該困難會比較少吧。

我認識的一個男人，小時候不討喜，父親早逝，由母親帶大，而一家三兄妹，母親特別偏待他。

他直到現在，四十好幾了，還是記著：任何東西，哥哥有，妹妹有，就是他沒有。

他很早就知道要靠自己，高中就出來打工。因爲明白母親一定最後一個想到他。

然後成年了，哥哥和妹妹都住在外地，只有他和母親住在一起。他很愛母親，很孝順，但是這孝順裡有很大的不滿。他沒法忘記母親並不愛他。

也許不是不愛他，但是，至少不像愛妹妹和哥哥那麼多。

他的一生，似乎就爲了要扭轉這件事。他的渴愛的狀態，近乎病態。

他與女人的感情一律是要死要活的，只要跟他有關係的，他每一個都纏綿悱惻戀戀不忘，然而他無法對單一女性忠實。他總是要不斷的尋找新的對象。

從心理分析看，我認爲他對母愛的渴求轉化成他對不同的女人的追逐。而不會有任何女人的愛能夠大到或多到可以滿足他。

所有的女性之於他，都多少是「母親」這個形象的碎片吧。

愛這樣的男人很辛苦。

要有足夠的智慧或足夠的愚蠢。

而我兩者皆不足。

219.零碎

I.

我開了網頁就
忘記了。

忘記自己要做什麼。
看著MSN首頁上的方塊，上面寫：「十八禁，偷窺秀」，
一個流鼻血的男人，
一條美腿在舞台的紅色大幕間上下移動。

看了好久。
其實不知道自己在看什麼。

也許得了老年癡呆症。

Capote 裡，柯波帝敘述他繼父的故事。
他母親死後，他回到家裡，見到繼父。

那老人對他說：
「跟我說話，說什麼都好，
跟我說天氣，說別人的事情，
說我聽過的事情，說我不想知道的事情，
說點什麼讓我聽見，
否則我就要崩潰了。」

於是我便一直開著電視，
聽機器說話。

我不信我不能抵抗，

所以我便聽著：房間裡所有的聲音，
我聽不懂的聲音，
我沒有聽過的聲音，
我不知道他們在說什麼，
我可能沒有聽見他們在說什麼，
因爲有

沉默在替我尖叫
比這一切更響。

II.

只是因爲找不到
那張紙片

就哭起來了

那張紙片有什麼重要呢？
找不到有什麼重要呢？
也許就是因爲
再沒有什麼是
重要的

我陷進奇怪的，混沌的
灰色地帶
整個世界皆模糊，乾燥
燃燒……凍結……凍結又
燃燒

找不到路

我隨身帶著我的噩夢
我親愛的噩夢，
確保我無論在哪裡

在哪裡
都可以隨時陷身於
噩夢的荒野

可以跑……無盡的跑
往沒有邊沿的邊沿奔去
往沒有盡頭的盡頭墜落

確保這件事永遠不會結束
我便可以專心的奔逃
專心的墜落

專心於這一種絕境
專心於這一種恐怖
專心於這一種無可救藥

便可以躲開
沉默的尖聲喊叫……

III.

這沒有那樣困難

我爬過我的沉默
透明的沉默
像蛞蝓在鹽上行走
一邊死亡一邊分解一邊活著
並且融化　在身後迤邐出漫長的，玉色的道路
那就是我的話語
是我的起點
與終點

是我的來之處與去之處
是我的終結
是我的出口
便可以就此潛逃了

文學叢書 161

INK PUBLISHING

曖昧情書

作　　者　袁瓊瓊
總 編 輯　初安民
責任編輯　丁名慶
美術編輯　張薰芳
校　　對　余淑宜　丁名慶　袁瓊瓊

發 行 人　張書銘
出　　版　INK 印刻出版有限公司
台北縣中和市中正路 800 號 13 樓之 3
電話： 02-22281626
傳真： 02-22281598
e-mail : ink.book@msa.hinet.net
網　　址　舒讀網 http ://www.sudu.cc

法律顧問　漢廷法律事務所　劉大正律師
總 代 理　展智文化事業股份有限公司
電話： 02-22533362 · 22535856
傳真： 02-22518350
郵政劃撥　19000691 成陽出版股份有限公司
印　　刷　海王印刷事業股份有限公司

出版日期　2007 年 7 月 初版
ISBN　978-986-6873-31-7

定價　200 元

國家圖書館出版品預行編目資料

曖昧情書／袁瓊瓊 著.-- 初版，
-- 臺北縣中和市： INK 印刻，
2007〔民 96〕面；　公分（文學叢書；161）

ISBN 978-986-6873-31-7（平裝）

855　　96011619

K INK INK INK INK INK INK
NK INK INK INK INK INK IN
K INK INK INK INK INK INK
NK INK INK INK INK INK IN
K INK INK INK INK INK INK
NK INK INK INK INK INK IN
K INK INK INK INK INK INK
NK INK INK INK INK INK IN
K INK INK INK INK INK INK
NK INK INK INK INK INK IN
K INK INK INK INK INK INK
NK INK INK INK INK INK IN
K INK INK INK INK INK INK
NK INK INK INK INK INK IN
K INK INK INK INK INK INK
NK INK INK INK INK INK IN
K INK INK INK INK INK INK
NK INK INK INK INK INK IN
K INK INK INK INK INK INK
NK INK INK INK INK INK IN
K INK INK INK INK INK INK
NK INK INK INK INK INK IN

NK INK INK INK INK INK IN
K INK INK INK INK INK INK
NK INK INK INK INK INK IN
K INK INK INK INK INK INK
NK INK INK INK INK INK IN
K INK INK INK INK INK INK
NK INK INK INK INK INK IN
K INK INK INK INK INK INK
NK INK INK INK INK INK IN
K INK INK INK INK INK INK
NK INK INK INK INK INK IN
K INK INK INK INK INK INK
NK INK INK INK INK INK IN
K INK INK INK INK INK INK
NK INK INK INK INK INK IN
K INK INK INK INK INK INK
NK INK INK INK INK INK IN
K INK INK INK INK INK INK
NK INK INK INK INK INK IN
K INK INK INK INK INK INK
NK INK INK INK INK INK IN
K INK INK INK INK INK INK
NK INK INK INK INK INK IN
K INK INK INK INK INK INK

INK